瀬尾優梨
SEO YURI
Illustration
麻先みち
MASAKI MICHI
「……君」
「は、はい！」
「僕と、結婚してくれないか」
「……はい？」
亡霊魔道士の拾い上げ花嫁
1
The Bride who was Saved by the Phantom Mage

ヘルカ
Helka
ヴェルネリ
Verneri
「……ありがとうございます、
ユリウス様」
ライラ・キルッカ
Raila Kilkka

『僕の方こそ、ありがとう。
一緒に夜会を楽しもうね』
ユリウス・バルトシェク
Julius Bartosek

天井から降ってくる
光の幻にうっとりしていると、
ちょんちょんと肩を叩かれた。
そちらを見ると、
ユリウスがもう片方の手をひらめかせ、
何もない空間から手品のように
純白の薔薇を取り出してみせた。
『わ、すごい!』

亡霊魔道士の拾い上げ花嫁

The Bride who was Saved by the Phantom Mage

1

瀬尾優梨
SEO YURI
Illustration
麻先みち
MASAKI MICHI

The Bride who was Saved by the Phantom Mage

1

Contents

1章◆捨てられた娘と亡霊魔道士

きらびやかなシャンデリアの明かりがホールを照らし、着飾った人々が談笑する声が漣《さざなみ》のように広がる。テーブルには歓談の間につまめるような軽食や飲み物が並べられていて、グラスに注がれたワインなどは、飲食物ではなく宝飾品の一つであるかのように輝いている。

魔道文化の花開く、レンディア王国。

その王都に複数の邸宅を構えるバルトシェク家は魔道の名門で、女主人が開催したこの夜会に招待された者たちは、相応の身分を持つ者たちばかりである。

ただし、バルトシェク家女当主が今回主に招待したのは、二十代前後の若者たちだ。

貴族もいれば、裕福な市民もいる。魔道士もいれば、非魔道士もいる。

身分や才能によって住む世界を制限されてしまいがちな若者たちをここで引き合わせることで、幸福な巡り合いが起これば……という女当主の粋な計らいによって集められた男女は、期待と緊張で胸を膨らませているようだ。

会場は和やかな雰囲気だが——ホールの片隅では、ちょっとした諍《いさか》いが勃発していた。

「……どういうことなの、ヨアキム、カロリーナ」

呆然《ぼうぜん》と呟《つぶや》く女は、自分の目と同じ紫色の大人びたドレスを纏《まと》っている。貴族の娘と比べると装飾が少なくシンプルなので上流市民階級だろうと予想が付くが、その仕立ては上質だ。彼女自身も背筋を真《ま》っ直《す》ぐ伸ばしており、肩の下で切り揃《そろ》えたダークブロンドの艶やかさも見事だ。

そんな彼女は顔を強張《こわば》らせ、自分と向き合う男女を軽くねめつけていた。

男の方は、彼女の婚約予定者。そして彼の腕にしがみついて緑色の目を潤ませる金髪の美少女は、学院時代の友人である。

「悪い、ライラ。カロリーナに子どもができたんだ。……ほ、ほら、うちの兄夫妻にはなかなか子が生まれないだろう？　だから父上も大喜びで、カロリーナと結婚しろと……」

「ごめんなさい、ライラ。私、どうしてもヨアキムと結婚したいの」

男の方は弁解するように言うが、言葉のわりに表情はまんざらでもなさそうだ。

そして女は可憐《かれん》な声で必死に訴え、空いている方の左手で自分の腹部をさすっている。そういえば、今日は彼女にしては珍しく、ふわっとしたドレスを着ていると思っていた。

二人に対するライラはぴくっと唇の端を引きつらせた後、握っていた扇を開いて口元を隠した。そうでもしないと、怒りと屈辱で歪《ゆが》む口元を見られてしまうからだ。

「……ということは、このことはカントラ男爵もご了承なのね」

「あ、ああ。それに、ほら、俺たちって一応『婚約予定』なだけだろう？　別にまだ婚約誓約書を書いたわけじゃないし、そもそも俺たちって家同士の都合で話を付けたわけじゃん？」

「ヨアキムは、お金のためにライラと結婚しなければならなかったのでしょう？　それはあんまりだわ。ヨアキムも、私と出会って初めて恋を知ったと言ってくれたし……」

二人の言葉は、ライラの耳をするすると通過していく。

確かに、その通りだ。ライラの実家キルッカ家は裕福な商家で、対するヨアキムの実家カントラ男爵家は一応爵位持ちだが、金に困っている。

キルッカ家は、貴族との縁を持ちたい。カントラ家は、金がほしい。

だから、ライラとヨアキムの婚約の話が上がっていたのだ。

愛情ではなく利害関係が一致したから結婚するというのは、決して珍しいことではない。だが――金目当てより、愛情があるから結婚する、という方が世間の受けがいいというのも、事実だった。

それに身分の高低で言うと、端くれとはいえ貴族であるヨアキムの実家の方に軍配が上がる。

男爵が「婚約予定を取り止《や》める」と言えば、キルッカ家はそれを受け入れるしかない。婚約予定も所詮口約束なので、取り止められた――破棄されたとして裁判に訴えても、勝てる見込みは少ないのだ。

ライラは、ぎゅっと拳を握った。

カロリーナのお腹《なか》には、ヨアキムの子がいる。孫を欲する男爵からすれば、カロリーナは何としても手放したくない人物だろう。

ライラや両親では、男爵に刃向かうことはできない。

それならば――

「……そう。そういうことなら……分かったわ」

「ライラ……！」

「ありがとう、ライラ！」

二人はぱっと笑顔になるが、ライラの口元は忌々しげに歪むばかりだ。

別に、おまえたちのために承諾したのではない。それどころか、二人の結婚を祝福するつもりもない、とその瞳は雄弁に語っているのだが、ふわふわ幸せに浸る二人には伝わらなかったようだ。

「ああ、そうだ。この場に君の父君がいらっしゃるだろうから、俺の方からお断りをしておくよ」

「それがいいわ、ヨアキム。あっ、ライラ。結婚式もする予定だから、来てね！」

誰が行くか、と扇で隠れた唇が無言で吐き出したが、ライラはにっこりと微笑《ほほえ》んで扇を閉ざした。

「それはまた、後日考えるわ。……では、ごきげんよう」

「ああ、またな！」

「ライラも結婚する時には、私たちを呼んでね！　絶対よ！」

ライラはその声には反応せず、足早に会場を後にした。

途中、すれ違った人々に軽く会釈をし、お目汚しをしたことを謝りながら歩くライラの背中には、一部始終を見ていた者たちがヒソヒソ噂《うわさ》する声が掛かっていた。

フられた。

いや、恋愛感情があったわけではないのだから、フられたのではなくただ単に捨てられただけか。

「……ないわ……ああ、ないわぁ……」

賑《にぎ》やかな会場から離れてライラが向かったのは、人気のないバルコニー。さすが名門バルトシェク家、こんな小さなバルコニー一つでも小綺麗《こぎれい》で、疲れた体を休めるには最適の場所だ。

バルコニーの入り口にいた番兵は、ライラの様子を見ると何も言わずに道を空け、「少し離れますね」と言ってくれた。別に、大声を上げて泣く気はなかったが、今は一人になりたい気分だったのでありがたい。

きれいな手すりに身を預け、しばしぼうっとして夜の風に身を遊ばせる。眼下には整然と手入れされた庭園が広がっており、遠くに目をやれば明かりを灯《とも》す王都の邸宅の波が見えた。

婚約予定だったヨアキムと、友人のカロリーナが結婚する。

その事実は重石《おもし》を飲み込んだかのようにライラの胃をきりきり痛めるが、それは失恋の痛みとかではないとすぐに気付いた。

（私は、ヨアキムに恋していなかった）

三年ほど前、それぞれの両親に連れられて初めて顔を合わせた時から、「好きになれそうにないなぁ」と思っていた。それはヨアキムも同じだったようで、両親がいなくなった後の部屋で、「俺、好きでおまえと結婚するんじゃないから」と余計な釘《くぎ》を刺してきたものだ。

それでも、年月が経《た》てばヨアキムのことを好きになれるかもしれない、と思っていた。もしくは、結婚すれば、子どもが生まれれば。「昔はこんな風に思っていたね」と、笑いあえるようになるだろうと思っていた。

だが、ヨアキムが選んだのはカロリーナだった。

カロリーナの実家であるレヴィー家は準男爵位を受けているものの、身分としてはライラと大差ない。そういうこともあり八年前、お互い十歳の時に入学した学院で同じクラスになって以来、それなりに親しくやってきていた。

カロリーナは勉強は苦手だったが、人付き合いが上手で男性の友だちも多かった。一方ライラは女性の友人はいたが人見知りをすることもあり、男性となるとクラスメイトともまともに話したことがないくらいだった。

卒業後も、手紙のやり取りをしたり一緒に買い物に行ったりしていた。三年前にヨアキムとの婚約の話が持ち上がった時にカロリーナに報告したら、「素敵！　結婚式には呼んでね！」と祝ってくれたではないか。

（……なんだろう。すごく、虚《むな》しい）

婚約する予定の相手を盗《と》られたこととか、友人に裏切られたこととか、そういうことで悲しむ心はなく、むしろ「負けた」と思っていることに気付いて、思わず苦笑してしまう。

ライラは、カロリーナに負けた。

勉強では学院時代に一度も負けなかったけれども、結婚という人生の大舞台においてカロリーナに惨敗した。それも大勢の人々に、敗北を喫する姿を見られた。

結婚は人生の大舞台だが、ライラたちにとっては一つの「勝負」だ。その時、親友やきょうだいがライバルになることだってあり得る。

しかしまさか、他人の屋敷であんな大切なことを切り出されるとは思っていなかった。ライラの方は今日のためにめいっぱい着飾り、ヨアキムが来るのを待っていたというのに。

（ああ、でも、これで私の結婚への道は険しくなったか……）

ライラは今年で十八歳になった。レンディア王国の平民女性は二十歳前後で結婚することが多いので、年齢だけで考えるとまだまだ余裕はある。

だが、あんな大勢の目の前で敗北したライラを拾ってくれる人は、いるのだろうか。

ただでさえライラは男性との交友関係が狭いし、ヨアキムとの話が持ち上がってからはライラもいっそう男性を遠ざけていた。

そんなライラに、「では私が」と声を掛けてくれる人はいるのか。

（誰もいなかったら……どうすればいいんだろう）

両親は、娘がヨアキムと結婚することを楽しみにしていたようだ。

キルッカ商会はなかなか繁盛しているが、やはり貴族――それもできるなら魔道士との縁を持ちたいというのは平民なら誰もが夢見ることだ。

レンディア王国において、魔道士の素質を持つ平民は少なく、逆に貴族の魔道士は多い。だから、魔道士と結婚して魔力を持つ子を産みたいという女性も少なくなかった。ライラも、魔道士との結婚自体に執着するつもりはないが、魔法への憧れはある。

とはいえ、両親はライラのことを政略結婚の駒扱いはしていない。商会は最初から、ライラの従弟《いとこ》が継ぐことになっている。もしライラが農民と結婚すると言っても、最後には快く送り出してくれるはずだ。

(でも……そうなると、父さんたちの目標が)

実家の足枷《あしかせ》にはなりたくない。だから貴族の魔道士であるヨアキムと結婚するために勉強も頑張ってきたし、裁縫や詩作など、貴族の嫁になるために必要な能力だって磨いてきた。最初は趣味だった菓子作りに関しては、今では店を出せると言われるくらいまで上達した。

ぐっと拳を固め、とんとんと胸を叩《たた》く。

(弱気になったらだめだ！　まだ、チャンスはある。ちゃんと前を向いて、これまでは苦手だった男の人とのお喋《しゃべ》りにも挑戦して、手紙も書いて……)

社交的なカロリーナではないのだから、自分から男性に近づくなんて考えただけでげんなりしてしまう。だが、足掻《あが》けるものなら最後まで足掻き、両親に「ヨアキムはだめだったけれど、もっといい人が見つかった」と笑顔で報告したい。

軽く頬を叩いて気合いを入れ、よし、と夜空を見上げる。ちょうどいい感じに、ライラの頭上を流れ星が過《よ》ぎっていった。他国では不吉の証《あか》しとも言われるらしい流れ星は、レンディア王国では幸運の前触れとされている。

一人で見れば強運を、二人で見れば末永い縁を、大勢の人と見れば平和をもたらすと言われているのだから、きっと今の流れ星もライラを応援してくれるはずだ。

(まずは、会場に戻らないと。ヨアキムが父さんたちに説明したはずだから、私も……うわっ!?)

振り返り、歩こうとしたライラはいきなり目の前に黒い影が飛び出してきたため、悲鳴を口の中で転がしてつんのめった。

(倒れるっ!?)

がくっと体が折れ、そのまま前のめりに倒れ——そうになった体を、誰かの腕がさっと抱き留めてくれた。胸の下に腕を回されたので、弾みで髪とドレスの裾がふわっと揺れる。

「……えっ?」

ライラは、顔を上げる。

そして——色々な意味で、悲鳴を上げそうになった。

ライラを片腕で抱きかかえているのは、知らない男だった。レンディア王国成人男性の正装である裾の長いジャケット姿で、胸にどこかの家紋付きのバッジを付けているので、夜会の参加者であることは分かる。

だが白と金色で彩られたその衣装を纏うのは、華やかなジャケットに似つかわしくない不健康そうな顔の男性だった。

首筋で結われている麦穂色の長い髪は艶がなく、ヘーゼルの目の周りは落ちくぼんでいた。頬は削《そ》げており、星明かりの下だということを差し引いても肌が青白く、スマートを行き過ぎた痩せすぎの体型は病的だと言える。おそらく二十代半ばくらいだろうが、その顔立ちと生気のない表情が、彼の見た目年齢をもっと引き上げているように感じられた。

外見だけでは、なかなか近づきがたい印象がある男。

そんな男に抱き寄せられていると気付き――びくっとしてしまいそうになる。

（……だ、だめだだめだ！　この人は、倒れそうになった私を助け起こしてくれている！　ちょっと見た目は怖いけど、お礼を言わないと！）

「あ、ありがとうございます。すみません、重いでしょう」

そう言ってライラは体を起こしたが、なぜか男はライラの体に腕を回したまま黙っている。

ヘーゼルの目にじっと見つめられ、ライラは視線を逸《そ》らした。

かなり不躾《ぶしつけ》に見つめられているが、不思議とそれほど嫌な感じはしない。とはいえ、知らない男に抱き寄せられたままというこの状態は、色々な意味で非常によろしくない。

「あ、あの。私、もう大丈夫です。おかげさまで、倒れずに済みましたので」

「……」

そろそろ、何か言ってほしい。もしくは解放してほしい。

軽く男の胸を押してみたが、ぺらぺらの胸筋のわりに頑としてライラを手放そうとしない。

（こ、これは……困る！　かなり困る！）

そのあたりに番兵がいるはずだから、通報しようかと思っていたらようやく、男が薄くて青白い唇を開き――

「……君」

「は、はい！」

「僕と、結婚してくれないか」

「……はい？」

求婚してきた。


出会って一分足らずの男に求婚されたライラ・キルッカは、非常に困っていた。

「こ、困ります！」

「どうして？」

「だって、いきなり結婚なんて……」

「でも君は確か、会場で男に婚約予定を破棄されていた。ということは、今の君はフリーの身だ。

ならば、僕が君に求婚する権利はあるんじゃないかな」

それまでの無口が嘘《うそ》のような流暢《りゅうちょう》さの三段論法で攻めてくるが、そういう話ではない。

「た、確かにそうですけど……」

「僕はこれでも、ちょっとした地位持ちだ。あのにやにや笑う男よりも、君に楽な生活をさせてあげられる」

「にやにやって……ヨアキムのことですか？　いや、それはいいんですが……」

いくら結婚に焦っているライラでも、出会ってようやく二分経ったような男――しかも、見た目はかなり怖い――と結婚しろと言われて、ハイ分かりましたと即答できるほどではない。

（で、でも、まさか、「あなたがお化けみたいで怖いです」とは言えないし……よし！）

「えっと……お気持ちはとても嬉《うれ》しいのですが、やはり結婚となると両家の当主の同意が必要でしょう？　あなたが私のどこがよいと思って求婚してくださるのかは分かりませんが、あなたの独断で決めるのではなく、まずあなたのご家族の了承がありませんと」

言いながら、我ながらうまい断り方だと自賛する。

おそらくこの青年は思いつきでライラに求婚したのだろうから、「おうちの人の意見は？」と問えばきっと、我に返るはず。

すると青年は目を瞬かせてようやくライラを解放したものの、今度はそっと右手を取ってきた。肉の厚みをほとんど感じない、骨張った大きな手に握られてびくっとする。だが、ヨアキムのような乱暴な握り方ではないので、少し戸惑ってしまった。

「……僕は君に、三度目惚《ぼ》れした」

「……はい？」

「それと、家族の同意だったか。では、ちょっとこっちに来てくれ」

そう言うと、青年はライラの右手を引っ張った。彼の行く先が会場であることは、すぐに分かる。

（えっ、で、でも、この状態で？）

「あ、あの……」

「うん？」

「その、手……」

「手？……ああ、なるほど」

立ち止まった青年は納得がいった様子でライラの右手を離し、左手を握った。

（違う、そうじゃない！）

だがライラが文句を挟む間もなく青年はさっさと歩き、とうとう会場に戻ってしまった。今まで薄暗い廊下やバルコニーにいたので、会場のシャンデリアの明かりが目に突き刺さってくる。

そして――ライラの耳に、招待客たちがヒソヒソと言葉を交わす声が届いてきた。

――あれって、「亡霊魔道士」じゃないの？

――本当だわ。でも、手を引かれている女性って、さっきフラれていなかった？

――どういうことだろう。

――どういうことかしら。

漣のように押し寄せてくる声は、決してライラたちにとって好意的なものではない。ライラがフられたのはまあいいとして、この青年は「亡霊魔道士」などという名で呼ばれているようだ。

（確かに窶《やつ》れていて亡霊っぽいけど……それ、本人にも聞こえるように言う？）

青年の方を見上げるが、彼は周りの声が聞こえていないのか気にしていないのか、無表情でずんずん歩いている。

きっと、彼の行く先に彼の両親がいるのだろう。そう思ってついていくライラだが、だんだん嫌な予感がしてきた。

青年は家族を探すというわりには、周りには目もくれず真っ直ぐ歩いていくのだ。

そちらにいるのは、この屋敷の――

「……伯母上」

青年が呼んだ。

その声に反応したのは、会場の一番奥にあるソファを一人で陣取り、大勢の貴族たちに囲まれている中年女性だった。彼女の周りにいるのはどれも、威厳のありそうな中年の男女ばかりである。

彼女が何者か、ライラは知っている。

なぜなら彼女は夜会の最初に、主催者として挨拶した人なのだから。

明るい夜空のようなコバルトブルーのドレスを纏う女性は顔を上げて青年とライラを見ると、長い睫毛《まつげ》を瞬かせて立ち上がった。

「あら……どうかしたの、ユリウス。……その女性は？」

「僕は先ほど、こちらの女性に求婚しました」

ユリウスと呼ばれた青年がずばっと述べた途端、女性を取り囲んでいた貴族たちがざわつき、驚《きょう》愕《がく》の目でライラたちを見てきた。

「何っ!?　ユリウス殿が!?」

「イザベラ殿、いかがなさるのですか？」

皆に問われ、イザベラと呼ばれた中年女性は小首を傾《かし》げた。

非常に可愛《かわい》らしい仕草は、中年とはいえ小柄で可憐な雰囲気のある彼女にはぴったりだ。だが、彼女がそんな生易しい貴婦人ではないことを、ライラは知っている。

イザベラ・バルトシェク。

魔道の名門バルトシェク家の女当主で、レンディア王国魔道研究所の理事。レンディア王国内でも五本の指に入る大魔道士である。

バルトシェク家は貴族ではなく、超上流市民階級。つまり身分で言うと平民で、貴族たちとは明確な差があるが、レンディア王国では魔力が強ければ階級をある程度底上げすることができる。

バルトシェク家の場合、代々優秀な魔道士を輩出しており魔道研究所でも活躍していることで、実際には平民だが伯爵家程度となら十分肩を並べられるくらいの権力を得ている。バルトシェク家当主であるイザベラが、平民でありながら今宵《こよい》のように貴族の子女を招くことができるのは、この「身分とは別問題の名誉の底上げ」があるからなのだ。

イザベラはこんなに小柄で品のある淑女だが、若い頃は馬に乗って戦場を駆け、百人もの敵兵を一瞬で地に伏せさせたという。今でもその腕前は健在で、彼女が指を振れば見上げるような大男でも空の彼方《かなた》まで吹き飛ばせるとか、一瞬で豪邸を燃やし尽くして灰にできるとか言われている。

そんな物騒な伝説ばかりのイザベラだが基本的に気さくで社交的な性格で、今回のように若者たちのための夜会を開いたり、平民の子どもに魔法を教える学校を作らせたりと、国内での人気も高い。国王も、彼女を非常に頼りにしているという。

（そ、そういえばイザベラ様にはお子様たちの他に、甥《おい》ごさんがいらっしゃるらしいけど……）

彼女の弟は少し前に亡くなったが、彼が十数年前に養子に迎えた甥がおり、伯母として可愛がっているという噂は聞いていた。

しかも、今のやり取りを聞く限り、この女大魔道士が可愛がっている甥というのが、ライラの手を握るユリウスという男なのだ。

彼は「ちょっとした地位持ち」と言っていたが、ちょっとなんてものではない。バルトシェク家の養子になるくらいだから彼も優秀な魔道士だろうし、イザベラに可愛がられているというだけで凄《すさ》まじい人材となる。

（ま、まさかそんな人だったなんて……ひっ⁉）

冷や汗ダラダラで硬直していたライラは、じっとイザベラに見つめられて身を震わせた。

思わずユリウスの手を握ってしまうが彼は嫌そうな顔はせず、むしろライラを慰めるようにそっと握り返してくれた。

「……あなた、名前は？」

「キ、キルッカ商会の娘、ライラ・キルッカでございます！　今宵は、お招きいただき、ありがとうございます！」

「キルッカ……もしかしてさっき、隅っこで騒いでいたアレかしら」

イザベラの呟きに、ライラはいよいよその場で血を吐くかと思った。

確かにライラもあの小騒動の関係者だが、むしろ被害者だ。だが、バルトシェク家の夜会で余計なことをしたのは確かだし、イザベラがそんなライラを罰したとしても誰も文句は言えないだろう。

（父さん、母さん……ごめんなさい。私、今夜死ぬかも）

魂を飛ばすライラと、無言でライラを見つめるユリウス。そしてざわざわしっぱなしの貴族たちを順に見たイザベラは、すとんとソファに腰を下ろしてワインを一口含んだ。

「……そう。……ライラ・キルッカさん、こちらへ」

「は、はい……」

「大丈夫。いきなり殺したりなんかしないから、そんな顔をしなさんな」

心の声がばれていた。本当に殺されるかもしれない。

酩酊《めいてい》状態かのようにふらふらするライラを、ユリウスが支えながら伯母のところに連れて行った。

ユリウスに促されてライラが手を差し出すと、イザベラのひんやりした手が触れ、少しびくっとしてしまう。

「……。……ふーん、そう。なるほど……そういうことなのね、ユリウス」

「そういうことです」

「だからあなたは、この人に求婚したのね？」

「はい、三度目惚れしたので」

「なるほど」

二人の間だけで、会話を完結させないでほしい。

やがてライラの手を離したイザベラは、もう一口ワインを飲み、口を開いた。

「いいでしょう。結婚なさい」

嘘だろう、とライラの心が叫ぶ。

「ありがとうございます、伯母上」

「とはいえ、彼女にとってあまりに急なことみたいだし、驚かせてしまっているわ。……ライラ・キルッカさん」

「はいっ!?」

「甥があなたに求婚したことに関して、わたくしとしては何も異論はありません。ただ、どうもあなたの意見を聞けていないようですし……今すぐに返事をしろ、とは言いません。後ほど手紙をしたためますので、ご家族と共にゆっくり検討してくれれば十分です」

イザベラのおっとりした口調に、ライラは目を回しそうになった。

イザベラほどの者なら、「甥がこう言っているのだから、結婚しろ。断れば命はない」と脅しても誰も文句は言えない。

それなのに彼女はいち商家の娘でしかないライラに、時間を与えてくれた。

（といっても、こうなったらもう、「嫌です」とは言えない……）

色々な意味で相手に不安はあるが、結婚を急ぎたい気持ちは確かだ。

非魔道士の平民ごときが魔道の名家に嫁入りだなんて正気の沙汰とは思えないが、おそらくユリウスやイザベラにも何らかの思わくがあるのだろう。

（それなら、私がするべき返答は……）

「……かしこまりました。イザベラ様のお気遣いに、心より感謝します」

「どういたしまして。よい返事を待っていますからね」

イザベラは笑顔で言うが、その笑顔もどこか怖いと感じてしまうライラだった。

その後、ライラは顔面蒼白《そうはく》で駆けつけた両親に引きずられて帰宅した。

馬車で帰る道中の記憶はほとんどなく、気が付いたら自宅のリビングにおり、白い封筒を囲んで家族会議を開いていた。

この手紙はつい先ほど、家に届いたものだ。お手伝いとして住み込みで働いてくれているメイドが受け取っていたようで、バルトシェク家の家紋の入った封蠟《ふうろう》が捺《お》されている。

（ああ、そういえばユリウス様の胸のバッジにも、同じ家紋が入ってたっけ……）

ライラはいまだにぼんやりしていたので、父が封を切って中の手紙を読んでくれた。

「キルッカ商会とバルトシェク家の個人的な提携と、非常時の支援の保証。結婚にあたっての資金や準備費用なども、全てあちら持ち、って……こんなにおいしい話、おかしくない？」

母であるヘリナ・キルッカが真っ当な指摘をした。

父アントン・キルッカも元々いかつめの顔をさらに険しくし、便せんの文字を太い指で辿《たど》る。

「大切なご息女をもらい受けるため、とあるが……すまない、ライラ。俺たちには、名門バルトシェク家の当主様がこれほどまでの好待遇を約束してくださる理由が、とんと分からない」

「うん、私も分かってないから大丈夫」

絶世の美女だとかならともかく、ライラは自分の容姿が飛び抜けて美しいとは思っていない。

「女は美しさだけじゃない、賢さも武器になる」と両親から勉強の大切さを教わってきたので、それなりに知識はあるつもりだ。だが、出会って一分程度で求婚してきたユリウスがライラの内面を知るはずがない。

「ユリウス様は『三度目惚れ』みたいなことをおっしゃってたけど、惚れられるようなことをした覚えはないんだよね。公衆の面前でヨアキムに捨てられて、その後バルコニーでぼうっとしているのを見られたくらいで」

「……ヨアキムのことは、本当にすまない。俺たちの力不足だ」

「えっ、何言ってるの。どう考えたって悪いのはヨアキムやカロリーナと……私じゃない」

父親が大きな肩をすくめて言ったので、ライラは慌てて父の肩を叩く。確かにあの縁組みは双方の父親同士で決められたものだが、その内容自体にはライラも納得していた。

婚約の前段階である「婚約予定」というのはレンディア王国ではよく使われる言葉だが、「婚約者候補の一人」程度だったり「よほどのことがない限り、近い未来婚約する」だったりと、広い意味を持つ。

ライラとヨアキムの場合、男爵家側の準備ができたら正式に婚約しよう、ということで両家納得していた。だから「予定」のままこの年になったことに関して、父に非があるとは思っていない。

思った以上にヨアキムとの仲が進まず、知人に横からかっさらわれただけだ。

「ヨアキムのお父様は男爵だし、カロリーナの実家と敵対するのもいいことじゃない。だからあの場では、私たちが折れるしかなかった。私こそ、もっとヨアキムにぐいぐい迫っていればよかったかもしれないし……そもそも、もう終わったことじゃない」

「そうよ。まずは、ユリウス様のことを考えましょう」

母も言葉を添えるが、顔をしかめている。

ライラがバルコニーで黄昏《たそが》れている間にヨアキムとカロリーナが両親のところに話をしに行ったそうだが、その時の態度がどんなものだったのか、詳しく聞かずとも予想が付くのが虚しい。

三人は改めて、バルトシェク家からの手紙を読む。

「ユリウス・バルトシェクなぁ。俺も懇意にしているわけじゃないし、今夜初めておまえが夜会に誘われたから同伴しただけだが……ユリウス・バルトシェクがバルトシェク家の血筋ではないのは、おまえも知っているな？」

「うん。イザベラ様の弟君の養子なんでしょう？」

「そう。十五年前のミアシス地方国境戦で魔道軍に保護された、戦災孤児らしい。測定した結果、類《たぐ》い希《まれ》なる魔力を持っているということでバルトシェク家の養子になったそうだが、それだけ有名な方なのにこれまであまり表舞台に出たことがないんだ」

父の言葉を聞き、ライラは今夜出会ったユリウスの顔を思い出す。

（あ、ひょっとして……）

「ユリウス様って不健康そうな顔をしてらっしゃってたから、もしかして体が弱いとか？」

「そう言われている。ご幼少の頃から屋敷に籠もりがちで、現在は小さめの邸宅を与えられてそこで暮らしている。昔から病弱だったが、一年ほど前に養父殿が亡くなってからはますます体調が思わしくなくなったようで、不眠にも悩まされているとか」

だからこそ、あのげっそりした顔と異様に細い体、青白い肌なのだろう。

（……失礼だけれど、あまり長くないような）

「……どうしてライラを見初めたのかは不明だが、甥が求婚した女性を逃したくないと思われるイザベラ様の気持ち、分からなくもないな」

「そうね……病弱で心細い思いをされているからこそ、結婚して少しでも幸せな時間を過ごしたいと思われているのかもしれないわ」

「長くは生きられないかもしれないユリウスの、最期の我儘《わがまま》」のようなことは両親も考えていたようで、その面持ちは沈痛だ。

（……でも。なんでだろう）

ライラに求婚した時の、ユリウスの瞳。それを思い出すと——彼は、わずかな余命を妻と共に過ごしたくてライラに求婚したわけではないと、漠然と感じていた。

なぜなのかは分からないが、もっと別の、何か意図がある気がする。

「……父さん、母さん。私、この話を受けようと思う」

「ライラ……」

「ユリウス様のお体のことは別としても、これってすごくおいしい話じゃない」

あからさまに明るい声で言ったので気遣うような眼差《まなざ》しを向けられたが、ライラは怯《ひる》まず笑顔のまま手紙をひらひらさせる。

「イザベラ様も約束してくださるのだから、大丈夫。それにほら、『バルトシェク家とキルッカ家の末永い縁を』ってあるから、もし何かがあったとしても縁を切られることはないよ」

「……それはそうだが」

「それに……ここで断ったら、後が怖いし」

バルトシェク家が報復してくる可能性は、あまり考えていない。むしろ、「名門からの求婚を断った」「あの娘はとんでもない」と周りで噂される方が怖い。

商会は両親や従業員たちの実力だけではなく、信頼と人々のよい噂もあってこそ保《も》っている。

悪評は、足下を掬《すく》う。その原因には、なりたくない。

キルッカ夫妻に男子が生まれなかったので、商会の跡取りはライラの父方の従弟と決まっている。

だが彼はまだ十四歳で、学院に通っている年齢だ。ライラが可愛い従弟のためにできるのは、彼が父の跡を継ぐ際、力添えしてくれるような相手と結婚することくらいだ。

「私は、大丈夫。それに、ユリウス様とはちょっと話をしたくらいだけど……悪い人じゃないと思うんだ」

「……」

「だから、行かせて。私、頑張るから！」

商会のため、家族のため、というのもある。

だが、このままだとライラは「捨てられ女」のレッテルを貼られることになる。そうするとどんなに努力しても気持ちは後ろ向きになるし、心を病むかもしれない。

ユリウスとの結婚は未知数で、何が起こるか分からない。

だが、ここで一歩踏み出してみないと、何も変わらないままではないか。

負けた女としてグジグジしていたくない。

ライラの言葉に両親はしばし考え込んでいたが、やがて首を縦に振ってくれたのだった。

＊＊＊

ライラとユリウスの婚約はあっという間に決まり、書類も提出された。

（こ、これが本物の婚約証明書……）

自宅に届いた証明書には、ライラとユリウス、そしてそれぞれの後見人の名前がサインされ、印も捺されている。ヨアキムとはあくまでも「婚約予定」でこういう書類を整えるには至っていなかったので、なんだか不思議な感じで証明書を見つめた。

ライラはユリウスの婚約者になったのだが、結婚はかなり後になるそうだ。

バルトシェク家は貴族ではないがレンディア王国でも由緒正しい名家なので、結婚は最速でも来年の夏頃、場合によっては数年後になることもあるそうだ。

ライラの両親は婚約後三ヶ月ほどで結婚したそうなので、偉い人は大変なのだとしみじみ思った。

……だが、それまでの間ライラは自宅にいればいいわけではなくなった。

どうやらユリウスの方が、婚約期間中ではあるがライラとの同居を熱心に望んでいるという。

（まあ確かに、もしあまり長くないとしたら、少しでも一緒にいられる時間を長くしたいと思うものだよね……多分）

手紙にはイザベラのサインと共に、「同居中は基本的にユリウスの指示に従ってもらうが、無理強いはさせない。子どもができるようなこともしない」と念押しされていた。

実際にはもっと露骨な書き方をされていたのでライラは真っ赤になってしまったが、両親は逆にバルトシェク家の誠実さを感じたらしく感心していた。どこかの男爵家次男と準男爵の娘とは、大違いである。

持参金などは必要ないとあったように、婚約期間中にユリウスの屋敷で暮らす間の生活費も食費も必要物資も全て、バルトシェク家が負担してくれるそうだ。

もうここまでくると両親も受け入れることにしたようで、「もらえるものは感謝しながらもらっておこう」という結論に達した。

こうして、ライラはあの運命の夜会から半月後には、実家を離れてバルトシェク家別邸に向かうことになったのだった。

2章 ♦ 不眠症魔道士と婚約者

実家の門の前で両親や商家の従業員たちに見送られ、馬車に揺られること約半日。

王都を朝に出発して東へ向かい、夕日が山の向こうへ沈みかけた頃、のどかな田園地帯でつんつんとした針葉樹に囲まれるようにして佇《たたず》む屋敷が見えてきた。

名門バルトシェク家の別邸ということだが、ライラの実家と大差ない程度の大きさで派手ではない。とはいえ、白い石を組んで造られた三階構造の屋敷は品があった。

まだ建って二十年も経《た》たないだろうが、こののどかな地域の景観を損ねない落ち着きを湛《たた》えている。庭園もこざっぱりとしており、生えているのは花よりも草やハーブなどの方が多そうだ。

そんな中庭を通った先の玄関前では、黒いローブ姿の男性が待ちかまえていた。

「お待ちしておりました、ライラ様。私は魔道研究所の職員で、現在はユリウス様の世話係を務めております、ヴェルネリと申します」

耳の下でぱつんと切りそろえた黒髪と吊《つ》り上がった深緑色の目を持つ彼は、ライラを見るとお辞儀をした。

おしゃれ心皆無の黒ローブに最初は驚いたが、魔道研究所の職員だと言われると納得がいく。そこで働く魔道士は、意匠が同じで色違いのローブを制服代わりとしているらしい。

「初めまして。ライラ・キルッカです。よろしくお願いします」

ライラがお辞儀をすると、ヴェルネリは目を細めてライラを見つめてきた。

なんだか、値踏みするような試すような、あまり心地いいとは言えない視線だ。

「……まあ、いいでしょう。ユリウス様は現在体調を崩されているため、自室で静養なさっております。ですので私が代わりにあなたのご案内をしますが、悪《あ》しからず」

「かしこまりました。……ユリウス様のお見舞いに伺えたらいいのですが」

「余計なことはしないでいいです」

せめて一言挨拶はしたいと思って申し出たのだが、思いの外バッサリ叩《たた》き切られてびっくりする。

ヴェルネリはライラを見下ろし、ふんっと鼻を鳴らした。

「……最初に申しておきますが、私はあなたとユリウス様の婚姻を決して歓迎はしません。あなたがいらっしゃると、ユリウス様のためになる。だからお仕えするだけですので」

「……」

ずばずばと容赦ない言葉を浴びせられ、なんだこの人は、とイラッとしたのも一瞬のこと。

（……彼はユリウス様の世話係ということだから、いきなり現れた私を警戒してもおかしくない）

きっとライラが同じ立場なら、彼同様警戒したはずだ。……ここまで露骨に嫌がることはしないだろうが。

ライラはすうっと息を吸うと、背の高いヴェルネリににっこりと微笑《ほほえ》みかけた。

「もちろんです。ユリウス様のお側《そば》に、あなたのように忠誠心の強いお方がいらっしゃるのは、とても素晴らしいことだと思います」

「……皮肉ですか？」

「そうかもしれませんね」

あえて強気に返すと、ヴェルネリは黙った。むっつりと顔をしかめているが、ライラの反撃に不快感を催したというより、何か思案しているような顔つきである。

態度と言葉と表情は強気なものの、内心どきどきしつつヴェルネリの反応を窺《うかが》っていたライラだが、やがて彼はふうっと息をついて手を差し出した。

「……どうやらあなたは、強《したた》かで無謀な女性のようですね」

「ありがとうございます？」

「褒めています。……荷物、お貸しください。あなたの腕はユリウス様より太そうですが、女性に荷物を持たせるというのは礼儀に反しますので」

もうその言葉だけで十分礼儀に反している気がするが、ライラは心の中でイラッとしただけで笑顔でヴェルネリに荷物を預け、ついでに身につけていたコートと帽子も脱いで押しつけた。

予想以上の荷物を持たされたらしいヴェルネリは少し嫌そうな顔をしたが、ライラがじっと見ると黙って一礼し、屋敷に通してくれた。

（……もしかして他の使用人も、ヴェルネリみたいな人だったりして？）

そうだと人間関係作りに苦労しそうだ、と思いながら屋敷の中を見て回る。

だが、一階の使用人部屋、二階の遊戯室、そして三階のユリウスの私生活空間と順に見ていき、妙だと思った。

「……あの、ヴェルネリ。聞いてもいいですか」

「一応あなたは女主人になるので、質問などはどうぞご遠慮なく。敬語も要りません」

「……じゃあ聞くけれど。この屋敷には、あなた以外の使用人はいないの？」

一応厨房《ちゅうぼう》などども見せてもらったのだが、本来ならそこらで働いていそうなメイドや従僕などの姿がない。

ライラの実家でさえ、住み込みと日勤のメイドが一人ずつと、父の秘書も兼ねる執事がいる。他にも、数日に一度訪問して庭木の手入れをしてくれる庭師などもいたのだが、この屋敷にはライラたち以外の人間の気配がさっぱりないのだ。

ライラが問うと、前を歩いていたヴェルネリが立ち止まって振り返った。

「おりません。掃除、洗濯、料理、ユリウス様の補助、全てこのヴェルネリが担当しております」

「えっ……大変じゃないの!?」

「大変と言えばそうですが、そこらのメイドごときに私の神聖な仕事をさせるつもりはありませんので。あと、先ほどは案内のため渋々お通ししましたが、厨房は私のこだわりの場所なのでライラ様といえど、立ち入りませぬように」

「わ、分かったわ。……でも、さすがに一人では魔道研究所とか本邸とかとのやり取りで困るんじゃないの？」

ライラが指摘すると、ヴェルネリは吊り上がった目をほんの少し開いた。ライラの問いに感心している——ように感じられる。

「……おっしゃる通りです。普段は魔道研究所で働いているヘルカという女性が定期的に通って、連絡係を担っております。ちなみに彼女は明日あたりやって来て、以後はあなた付きになる予定なので、その時にご紹介します」

「ええ、分かったわ」

女性、ということでライラは少しほっとした。

まさかこの屋敷でユリウスとヴェルネリの三人暮らしが延々と続くのだろうかと思っていたが、女性魔道士も来てくれるのなら心強い。その人なら、悩みや困ったことがあった時に相談できるだろう。

結局屋敷の案内を終えて応接間で茶を飲む段階になっても、ユリウスは降りてこなかった。ライラが茶を飲んでいる間にヴェルネリが様子を見に行ったが、「夜まではお会いできそうにないです」とのことだった。

（そんなに辛《つら》いのかな。……大丈夫なんだろうか）

にわかに不安になったが、ライラの表情を見たヴェルネリはふんっと鼻を鳴らした。

「ユリウス様のことを気遣ってらっしゃるのですか」

「当たり前でしょう。……お体が弱いとは聞いていたけれど、これほどだとは思っていなくて。ご挨拶は、明日以降になるかしら」

「……先ほど申しましたよね？　夜まではお会いできそうにない、と」

そこでヴェルネリは一旦口を閉ざし、一言断ってからライラの前のソファに座ると姿勢を正した。

「……ライラ様。あなたはユリウス様の体調が優れないことを、心配してくださるのですよね？」

「当然だってば！」

「であれば、そのユリウス様のためにあなたにお願いしたいことがあると申しましたら……受けていただけるでしょうか？」

ヴェルネリの提案に、ライラは目を瞬かせてカップを置いた。

（私にお願いしたいこと？……あっ、ひょっとして看病とか？）

ライラは医者ではないが、病人の汗を拭いたり着替えを手伝ったりといった程度の世話をするくらいのことはできる。

（もしかしたら、これで私にも役目ができるかも……？）

大魔道士に嫁ごうと、ライラの根は労働者たる平民だ。両親の背中を見て育ったライラにも、働いて感謝されたいとか、人の役に立って社会の一員になっていると実感したいとかという気持ちがある。

それに、何か自分にもやるべきことがあれば、新しい環境に置かれてそわそわする気持ちも紛れるかもしれない。じっとしているより、何か役目を与えられた方が、ライラもここでの生活を満喫できるようになるのではないか。

「はい！　私にできることなら、何でも！」

「ほう……何でも、ですかな？」

「アッ……痛いのと怖いのは、ちょっと遠慮したいです」

「ふっ……ご安心を。痛くも怖くもないし、頭を使う必要もありません。寝ているだけの、簡単なお仕事です」

「……う、うん？」

それはなんという怪しい求人だろうか。

寝ているだけってどういうことだ、と思ったが突っ込まずにヴェルネリの次なる言葉を待っていると、彼は続けた。

「あなたには、ユリウス様の添い寝をしていただきます」

「……いや、それって無理だから！」

いきなりの問題発言にライラが声を上げると、ヴェルネリが意地悪く微笑んだ。

「ほう？　痛くも怖くもありませんよ？」

「い、痛くない……？　そうなの……？」

「おや、何を考えてらっしゃるのですか？　私はただ、『添い寝』と申しました。ユリウス様と同じベッドで寝ていただく、ただそれだけのつもりですが……はて。一体何を考えられたのやら」

わざとらしく思案顔になるヴェルネリだが、口元は笑っている。

（こ、この人っ！）

彼にからかわれたと知り、ライラの頬にかっと熱が集まるが、文句を言うより早くヴェルネリが言葉を差し込んだ。

「大体、イザベラ様からも念押しされているでしょう？　あなた方は婚前交渉をなさいません。少なくともご結婚まではユリウス様があなたを女性として抱くことはありませんので、ご安心を」

「くっ……！　そ、それじゃあ本当に、一緒に寝るだけなの？」

「はい。……ユリウス様が不眠症ということは、ご存じでしょうか」

急に真面目な顔で言ってきたので、かっかしていたライラも眉をひそめつつ頷《うなず》いた。

「ええ、父から聞いているわ。夜会でお会いした時、目元が落ちくぼんでいて隈《くま》があったと思うけれど……やはりそのせいなの？」

「そういうことです。……詳しいことはヘルカが来てからでないと話せないのですが、あなたと同衾《どうきん》することでユリウス様が快適に眠れる可能性が高いのです」

「……は、はあ？　そんなこと、あるの？」

「そんなこと、あるから申しているのです」

ライラの言い方を真似《まね》るのは腹が立つが相変わらず真剣な表情なので、ライラも勢いに呑《の》まれて文句を言いそうになった口を閉ざした。

「ユリウス様は決して、あなたの容姿に惚《ほ》れ込んだわけではありません。もっと別の、ユリウス様のお心を休められるものを求めたのであり……あなたの容姿は関係ありません」

「二回も言わなくていいんだけど」

「これは失礼。大切なことなので、二度申しました」

「本題に戻って」

「かしこまりました。……そういうことで、ユリウス様が快適な睡眠を取れるよう、ライラ様には今晩よりユリウス様の寝室にて就寝していただきます」

「……」

ライラは腕を組み、じっとヴェルネリを睨《にら》み付けた。

いきなり添い寝をしろと言われ、乙女の純真な心を弄ばれたことに不満がないはずがない。そもそも、ユリウスの不眠がライラとの共寝ごときで解消されるとも思えない。

（でも……ヴェルネリは本気で、私がいればユリウス様の不眠が解消されると思っている）

男女の恋愛について最低限度の知識は書物で得ているがそれ以外はさっぱりのライラには、婚約したばかりの男と一緒に寝るというのは非常に難易度が高い要求だ。

だが、本当にただ一緒に寝るだけなら、ベッドに横になって目を閉じていれば朝になる。ヴェルネリの言う通り、痛くも怖くもない、寝ているだけの簡単なお仕事ということになる。

(それに……効果があるかは分からないけれど、ユリウス様を助けたいという気持ちは、あるし)

ほぼ初対面の相手ではあるが、病弱でよく眠れないと言われれば心配になるし、なんとかしてあげたいと思う。それがいずれ結婚する相手というのなら、なおさらだ。

(……ヨアキムの時は、私の方からも歩み寄ろうとしなかった)

同じ轍《てつ》は、踏みたくない。

「……分かったわ。一緒に寝ればいいんでしょう」

「ご了承いただけたようで何よりです。……ああ、そうでした。まさかとは思いますが、あなたがユリウス様を襲うことはないようになさってくださいね」

「……余計な心配、どうもありがとう!」

やはりこの魔道士は、一言も二言も余計だし失礼な人だ。


ライラが到着したのが夕方で、屋敷の案内や今後の話などをしているとあっという間に夜になった。

ヴェルネリは厨房にこだわっているということだが、彼は家事の中でも特に料理に関心があるようで、食材も一から彼が選び毎日の献立を考えるのにも全力を注いでいるようだ。

そんな彼が作った料理は、文句なしにおいしかった。

「お、おいしい……！　すごい、ほっぺたが落ちそう……」

「お褒めいただけて、光栄です」

ライラが素直に感想を述べると、給仕をしていたヴェルネリはまんざらでもなさそうにふふんと鼻を鳴らした。

「特にこの、とろとろのお肉！　刻んだタマネギが入っていて、甘さとちょっぴりの辛さが最高！」

「おや、あなたは優秀な舌をお持ちのようですね。ここまで褒めていただけると、作った甲斐《かい》があったというものです」

相変わらず彼の言葉にはちょっぴり棘《とげ》があるが、それでも今の彼は本日で一番機嫌がよさそうだ。

（案外、褒めて褒めて感謝すれば、言うことを聞いてくれるかも……？）

もし彼をうまくなだめられたら、いつかライラの好物であるフルーツサンドも作ってくれるかもしれない。ヴェルネリはおだてて褒めるべし、とライラは頭の中のメモ帳に書き込んでおいた。

ユリウスは食事も三階の自室で取っているようで、ヴェルネリが持って上がっていた。ライラは彼の婚約者として二階に部屋を与えられて、風呂や手洗いなども二階のものを使うことになる。

だがユリウスは基本的に三階で日常生活を送るらしく、三階にも専用の浴室などがあるという。掃除をするヴェルネリは大変そうだ。

そうして食事を終え、入浴を済ませたら、就寝である。

……もちろん、ユリウスの寝室で。

(私の部屋にも、ふかふかのベッドがあるのに……)

自室に準備されていた、花柄の上掛けが可愛《かわい》らしいベッドに別れを告げて廊下に出る。

ヴェルネリは既にそこで待ちかまえており、ユリウスから贈られたネグリジェの上にガウンを羽織ったライラを見ると、頷いた。

「サイズもちょうどよかったようですね。明日から着ていただく服も、裾を詰めなくてよさそうでよかったです」

「……これもユリウス様が見繕ってくださったのですか?」

「いえ、実際に布地を選んだりデザインを発注したりしたのは、ヘルカです。ユリウス様は……その手のことにはやや疎くてらっしゃいまして。ユリウス様にお任せしたら、恐ろしく奇抜なものを選びかねませんので……」

ヴェルネリが言葉に詰まったのは、これが初めてだった。ヴェルネリはユリウスを慕っているようだが、主人の美的センスについてはさすがの彼も閉口するようだ。

カンテラを持つヴェルネリに続き、ライラは階段を上がって三階に向かった。

人気のない廊下は寒々しく、物寂しい。ユリウスとヴェルネリは二人暮らしだったというが、両親やメイドたちと一緒に暮らしていたライラからすれば、この広い屋敷で二人暮らしなんて耐えられそうになかった。

三階にもいくつか部屋があるので、ヴェルネリが順に紹介してくれた。

「こちらが浴室、手洗い場、書斎、リビング、書庫――そして一番奥のこちらが、寝室です」

階段から一番遠い角部屋の前でヴェルネリは足を止め、ライラを見た。

「私はここで失礼します。朝になりましたら伺いますので、それまでお二人でごゆっくり」

「……」

「……ライラ様。ユリウス様は、お優しい方です」

黙って俯《うつむ》いていると、思いの外優しい声が降ってきた。

顔を上げると、カンテラに照らされたヴェルネリの顔が見える。相変わらず陰険で意地悪そうな表情だが、彼が発する言葉は昼間よりもゆっくりだった。

「あの方はずっと、ご自分の体質に悩んでらっしゃいます。……あの方のことを心ない言葉で貶《けな》す輩《やから》も多いのですが、そういう連中を糾弾することもなさらない。優しすぎて……不安になるくらいなのです」

「……」

「……ユリウス様があなたを選ばれた理由は、明日ヘルカが到着してからご説明します。どうか、ユリウス様をよろしくお願いします」

そう言い、ヴェルネリは深く頭を下げる。そこまでされるとライラは何も言えず、きゅっと唇を引き結んで頷くしかできなかった。

ヴェルネリに見守られながらドアをノックすると、返事があった。すぐにユリウスが顔を覗《のぞ》かせ、約半月ぶりに見る窶《やつ》れた顔の青年を見て、ライラは胸が苦しくなった。

（気のせいかな……前見た時より、元気がなさそう）

前回は正装姿で髪も整えていたが、今は就寝前なので髪は解き、ゆったりとしたガウンを着ている。だが髪は明らかにくたびれていて、肌艶も悪い。ドアに触れる手も骨張っていて、顔にも生気が感じられなかった。

そんな彼はライラを見ると、ほんのり微笑んだ。

「……ライラ、だね。こんな挨拶になって、すまない」

「いいえ。お体の調子が優れないとのことですし……私のことは、大丈夫です。あの！」

「うん」

「ふつつか者ですが……これからどうぞ、よろしくお願いします」

そう言ってライラが淑女のお辞儀をすると、くすりと笑う声が聞こえた。

「……ふふ。僕の未来のお嫁さんは、とても元気いっぱいで可愛らしい人なんだね」

「かっ……!?」

「真っ赤になって、本当に可愛い。……ヴェルネリ、ご苦労だったね。ライラと一緒に寝るから、君も休んでくれ」

「はい。……おやすみなさいませ、ユリウス様、ライラ様」

ヴェルネリは一礼し、カンテラの明かりを揺らしながら去っていった。

途端、心細くなってライラはもぞもぞ指先をすり合わせるが、骨張った手が肩に触れてきたため、びくっとしてしまう。

「ひっ！」

「あ、ごめん。……ここにいても冷えるから、中に誘おうと思って」

「は、はい！　お邪魔します！」

骸骨のような手に触れられてぞくっとしてしまったが、遠慮がちに声を掛けられると申し訳ない気持ちになってくる。

（本当に、私と一緒に寝るくらいで改善されるのかな……）

だが、悩んでいても仕方ない。

ほのかな明かりの灯《とも》る寝室の中央には、大きなベッドが据えられている。おそらく、ライラの部屋にあったベッドの倍は幅がある。大人二人は余裕で寝られそうだ。

ユリウスがベッドに腰掛けたので、ライラもガウンを脱いでおずおずと彼の隣に座る。ユリウスはそんなライラを見ると、視線を落とした。

「……寝間着、サイズが合っていたようでよかったよ。よく似合っている」

「え、あ、ありがとうございます。その、ユリウス様がくださったようで……服も何もかも、ありがとうございます、本当に」

「これくらい、男の甲斐性《かいしょう》だから気にしないで。……でも、デザインも僕が考えようとしたのに、ヴェルネリたちが止めるんだよ」

「そ、それは……」

「ユリウス様は黙って見ていてくださいね、だってさ。ひどくない？」

「……くっ。今の、ヴェルネリの真似ですか？」

「似てたでしょ？……ああ、よかった。笑ってくれた」

ヴェルネリの真似をして唇を突き出して言うユリウスに、思わず笑ってしまった。

だが、笑ったライラよりもユリウスの方が嬉《うれ》しそうで……ライラははっとして、ユリウスの窶れた顔を見つめる。

「亡霊魔道士」という蔑称で呼ばれ、屋敷での生活を余儀なくしているユリウス。

確かに病人である彼の窶れ方はむごたらしいものだが、その口調はゆったりとしているし、ライラを見つめる眼差《まなざ》しにも優しさが込められている。

『優しすぎて……不安になるくらいなのです』

ヴェルネリの言葉が耳の奥に蘇《よみがえ》り、ライラはぎゅっとネグリジェの裾をつかんだ。

ユリウスはそんなライラを見つめていたが、やがてそっと肩に手を載せて「寝よう」と囁《ささや》いた。

「僕の我《わ》が儘《まま》を聞いてくれて、本当にありがとう。……きっと僕の顔を見ていたら寝られないだろうから、僕に背を向けていていいよ。ただ、君の体に片腕だけ回していたいんだけど……いいかな？」

「そ、そんなに遠慮なさらなくていいです。ヴェルネリにも言いましたが……痛いことと怖いこと以外なら何でもしますので、どうぞユリウス様のお気持ちのままになさってください」

「うーん……そういうことを言われると男は調子に乗っちゃうんだけど……まあ、いいや。それじゃ、後ろから君を抱きしめて眠らせてもらうね」

「……はい」

靴を脱ぎ、ふわふわのマットレスの上を這《は》って枕のところまで向かう。上掛けを引き上げようとしたら、「僕がする」と言ってユリウスが布団を掛けてくれた。

ライラがユリウスに背を向けて横になると、ふっと部屋の明かりが落ちた。何かを操作する気配はなかったので、ユリウスが魔法か何かで明かりを消したのだろう。

寝室が薄暗くなると、耳が研ぎ澄まされる。そうすると、それまではあまり気にならなかったユリウスの息づかいやシーツが擦れる音などが無性に大きく聞こえてきて、頬が熱くなった。

（いや、これから寝るんだから！　落ち着いて、目を閉じれば……朝になる、はず）

ふいに、背後から腕が伸びてきてライラの腰に遠慮がちに回された。背後から片腕で抱きしめられるような格好になって、どうしてもライラの背中とユリウスの胸が密着してしまい、どきっと大きく心臓が跳ねる。

（う、わ、わっ！　胸が、鳴って、顔、熱い……！）

どっどっと音を立てる心臓がうるさい。無駄に熱を放つ頰が憎らしい。ユリウスの低めの体温を感じて強張《こわば》る体が、情けない。

「……ライラ、眠れそう？」

「……。……無理です」

問われたので正直に答えると、ふふっと笑う声がし、「僕も」と、つむじのあたりに温かい吐息が掛かった。

「それじゃあ、君がよく眠れるように魔法を掛けるのはどう？」

「……ご自分に、ではなくて？」

「これ、自分には掛けられないんだ。それに、僕の不眠症には効果がないみたいで。……もしよかったら、君がぐっすり眠れるようにするけど」

背中から問われ、ライラはしばし考える。

魔法自体は見たことがあるが、自分も家族も従業員も使えないので、正直かなり興味がある。それに、病弱とはいえバルトシェク家の養子になるくらいなのだから、彼の魔法の腕前は安心してもいいだろう。

「……分かりました。お願いします」

「了解。それじゃあ、目を閉じて。呼吸をして――」

ユリウスに言われたように、ライラは平常の呼吸を心がけて大きく息を吸い、吐き――

次の瞬間には、ことんと眠りに落ちていたのだった。

＊＊＊

ユリウスは、少し驚いていた。

「……え？　もう寝たの？」

ライラの体に眠りの魔法を掛けて、一秒。一瞬前までは肩を強張らせていたライラの体から力が抜け、すうすうと気持ちよさそうな寝息が聞こえてきた。

眠りの魔法自体は難度も低いのだが、こんなにさくっと眠りに落ちるとは。ライラは非魔道士だから効きやすいだろうとは思っていたが、かなり疲れていたのかもしれない。

「……」

ユリウスはライラの形のいい頭を見つめ、空いている手でそっと彼女の髪に触れた。

肩先までの長さのダークブロンドはとても触り心地がよく、いい匂いもする。洗髪剤の匂いもあるだろうが、それとは違う甘い匂いもして、なんだか心の奥がむずむずしてきた。

「……ライラ」

ぐっすり眠る婚約者に呼びかけ、ユリウスはぎゅっと彼女を抱き寄せると目を閉じた。

ライラの首筋から漂ういい匂いは、ユリウスがとろとろとまどろんで眠りに落ちるまで香っていた。

＊＊＊

朝が来た。

ぱちっと目を覚ましたライラは一瞬、ここはどこなのかと逡巡《しゅんじゅん》した。そして徐々に昨日のことを思い出し、はっとして振り返る。

ユリウスは寝ている間にライラを抱きしめる腕を引っ込めていたようで、今は両腕を折りたたんですやすや眠っていた。ライラの首筋に顔を埋《うず》めるようにして眠っている彼は、相変わらず肌の色は悪いし目元もくぼんでいるが、ひとまずよく眠れているようでほっとする。

（不眠症……本当に治ったのかな？）

そうっと手に触れてみると、ほんのり温かい。なんとなく、自分の熱をユリウスに分けられたように思われて面はゆくなってくる。

そこで、寝室のドアが遠慮がちにノックされた。

「おはようございます、ユリウス様……と、ライラ様」

「ん……ん、うう……」

ヴェルネリの声に反応し、ユリウスがもぞもぞ動いて寝返りを打ち、ライラに背中を向けた。まだ寝ていたいのか、頭を上掛けの中に突っ込んでヴェルネリの声が聞こえないようにしている。

その様がなんだかぐずる子どもみたいでライラはくすっと笑ったが、ヴェルネリは鍵を使って容赦なく入ってきた。ライラはすぐに体を起こし、ドアの前でヴェルネリが呆然《ぼうぜん》と立ち尽くしているのを見て首を傾《かし》げる。

「おはよう……ヴェルネリ？　どうかしたの？」

「……ユリウス様が、寝てらっしゃる」

「え、ええ。起こそうか？」

「い、いえ。無理にはなさらなくても……あっ」

「ん……ライラ」

さすがに近くで会話されるとそれ以上眠れなかったようで、再びライラの方を向いたユリウスがとろんと目を開いた。

「おはよう……もう朝？」

「はい。ヴェルネリが起こしに来ましたよ」

「……。……ヴェルネリ」

「は、はい」

「……すごい、ぐっすり寝られたよ」

寝起きだからか少し舌っ足らずにユリウスが言った途端、ヴェルネリは息を呑み、ふらふらとベッドに歩み寄ってライラたちの前に膝を突いた。

「ま、まことですか……!? お体は……？」

「辛くない。むしろ、ここ最近で一番体が軽いんだ。このまま空でも飛べそうだ」

それはさすがにやめた方がいいのでは、とライラは心の中で突っ込むが、ヴェルネリは驚愕《きようがく》の表情になって、うっと呻《うめ》いた。

「……まさか、本当にこのような結果になるなんて……このヴェルネリ、嬉しゅうございます！」

「あ、あの……？」

「……ライラ様。あなたのおかげでユリウス様は不眠を解消できそうです」

おずおず声を掛けたライラに真摯な眼差しを送り、立ち上がったヴェルネリはお辞儀をした。

「本当に……ありがとうございます」

「うん、本当にライラのおかげだ。……ありがとう、ライラ」

「え、ええ……」

男たちに両側から礼を言われ、ライラは右を見たり左を見たりしつつ、困ってしまう。

（本当に解消できるなんて……でもこれって、どういうことなんだろう？）

本日の朝食はユリウスたっての希望で、隣室のリビングで彼と一緒に取ることになった。

（うう……緊張する……）

一旦自室に戻って着替えをしてから再び三階に上がったライラは、優雅に脚を組んで座っているユリウスを見て、その場で硬直してしまった。

痩せすぎていることもあるが、彼は身長もあるため当然脚も細くて長い。黒のスラックスに包まれた脚から同じく細い腰にかけてのライン、そして思いの外しっかりしている肩などを見ると、無性に恥ずかしくなってくる。

ヴェルネリが朝食を届ける前に紅茶を飲んでいたユリウスはライラを見ると、落ちくぼんだ目を少し見開いた。

「……そのドレスは、僕が贈ったものかな」

「はい。クローゼットに入っていたので。……どうでしょうか？」

ユリウスによく見えるようにスカートの裾を摘《つま》んでひらひらさせつつ、ライラの胸は朝っぱらから高鳴っていた。

ドレスは淡いブルーの生地で、全体的にすとんとしたデザインになっている。室内用なので簡素な作りになっているのは当然だが、肌を滑る布は非常に心地よく、胸元のレース部分などには品性と可愛らしさが同居している。

（すごく可愛いドレスだけど、私が着て浮いていないかな……）

不安半分、期待半分でユリウスの反応を待っていると、カップを置いた彼はしげしげとライラを見て、満足そうに微笑んだ。

「……とてもよく似合っているよ」

「あ、ありがとうございます！」

「さ、とても可憐《かれん》な僕の婚約者さん。君の分のカップもあるから、一緒にお茶を飲もう」

「っ……はい」

いきなりとろりと甘い言葉を囁かれ、褒められて浮き立っていた心が緊張と驚きでどきどきしてくる。

（び、びっくりした……ユリウス様、こういうことを結構さらっと言われるんだ……）

病気のために窶れた彼だが、ライラを「とても可憐な僕の婚約者さん」と呼ぶ時の声は優しくて、青白い頬にもほんのり赤みが差したように思われた。

（……あ、よく見たら昨日より少しだけ隈が薄くなっているかも？）

彼に勧められて席に着き、茶を飲みながら観察していて気付いた。頬の色や痩せ具合は一晩ではどうにもならないだろうが、ライラと一緒にぐっすり寝たことによる効果はきちんと表れているようだ。

間もなくヴェルネリがカートを押して、二人分の食事を持ってきた。

そうしてヴェルネリが黙って給仕をする中、朝食が始まるのだが――

（すご……さすが名門のご子息……！）

ユリウスの骨張った手は優雅にカトラリーを操り、ナプキンで口元を拭う様やパンを千切る手つきさえ洗練されている。ライラも一応上流市民階級の娘として最低限のマナーは身につけているが、名家の令息は格が違う。

目の前で完璧なカトラリーの扱いの見本を見せられる中、ライラはおそるおそるナイフでベーコンを切る。よく見ると、ユリウスとライラでメニューは同じだが、ユリウスの皿には野菜が少ない代わりに、カリカリに焼いたベーコンが多めに盛られている。肉好きなのだろうか。

「……おいしいね」

ぽつり、とユリウスが呟《つぶや》いた。

確かにヴェルネリの作る食事はどれもおいしいので、ライラは深く考えず頷く。

「そうですね。ユリウス様は、こんなにおいしい料理を毎日食べられているのですよね」

「……。……ヴェルネリは毎日僕の健康を考えた食事を作ってくれる。でも、朝食がこんなにおいしいと感じられたのは……本当に、何年ぶりなんだろう」

カチン、とライラのナイフの先が皿に当たったが、誰も咎《とが》めない。

ライラとヴェルネリの視線を浴び、ユリウスは苦笑をこぼした。

「……僕にとって夜は恐ろしい時間で、朝は憂鬱な時間だった。でも今日はとても気分がいいし、料理もおいしく感じられる」

「……そう、なのですか……」

「そうなんだよ。……ねえ、ヴェルネリ。もう少しベーコンある？」

「……さすがにこれ以上は脂分の取りすぎになりますので」

「そうか……残念だ」

しゅんとしたユリウスを見てヴェルネリが緑色の目をほんの少し揺らしたのを、ライラは見逃さなかった。


朝食を終えてしばらくした頃、屋敷に人の訪れを告げるベルの音が鳴った。

屋敷の中を探検していたライラがヴェルネリに捕まって応接間に行くよう言われ、同じく呼び出されたユリウスと一緒に待つこと、しばらく。

応接間のドアが開き、背の高い女性を伴ったヴェルネリが入ってきた。

「お待たせしました。……ライラ様、ご紹介します。こちらは魔道研究所の職員であるヘルカです」

「ヘルカ・サルミネンと申します。どうぞよろしくお願いします」

少し低めで艶のある声で挨拶した女性がお辞儀すると、さらりとしたプラチナブロンドが肩から流れた。

着ているローブはヴェルネリの普段着と同じ意匠だが布の色が白で、細くくびれた腰や豊かな胸のラインを余すことなく魅せている。

少しだけ冷たさを感じさせる美貌を持ち、茶色の目は目尻がきゅっと吊り上がって勝ち気な印象がある。素顔でも相当の美人だろうが、ぱりっと化粧した顔は同性であるライラでも見惚《みと》れてしまうほど美しかった。

（きれいな女の人……ユリウス様やヴェルネリと同じくらいの年かな？）

思わず惚《ほう》けてしまったが、ヴェルネリがわざとらしく大きな咳払《せきばら》いをしたためはっとして、慌てて ソファから立ち上がりお辞儀を返した。

「お初にお目に掛かります。ライラ・キルッカでございます」

「丁寧なご挨拶、ありがとうございます。しかしこれからわたくしはライラ様の世話係になりますので、このヴェルネリに対するのと同じような扱いでよろしいのですよ」

「えっ、それはさすがに……」

「『それ』とはどういうことでしょうか、ライラ様？」

「ひっ」

すかさずヴェルネリに不機嫌そうに突っ込まれてライラは身をすくめるが、ヴェルネリを横目で見たヘルカがふっと鼻で笑った。

「……あら。ライラ様はユリウス様の奥方になられる方だというのに、あなた、随分怖がられているのね。そんなのでいいのかしら？」

「黙っていろ、ヘルカ」

チッと舌打ちしてヴェルネリはそっぽを向くが、ヘルカはなおもくすくす笑い、ヴェルネリの横顔を見ている。

（うーん？　二人とも魔道研究所の職員ってことだから、仲がいいんだと思っていたけど……？）

ライラがじっと見ていると再びヴェルネリは咳払いして、ライラに座るよう言った。

「ヘルカもここに転勤ということだけど、本当にありがとう。ライラも、側に女性がいると心強いよね」

「あっ、はい。……あの、魔道研究所のお仕事もあるでしょうに、私のお手伝いをしてくださるとのことですが……本当に大丈夫なのですか？」

ライラが問うと、ローブの裾を軽く払ったヘルカは微笑んだ。真顔の時だと少し怖い印象があるが、笑う様はまるで花のつぼみがほころんだかのように愛らしい。

「はい、これは魔道研究所所長の命令でもあります。ユリウス様の伯母君であるイザベラ様は魔道研究所の理事を務めてらっしゃいます。ユリウス様の健康は、後のレンディア王国の魔道研究にも大いに影響します。よって、元々連絡係を務めていたわたくしが、ユリウス様の婚約者様であるあなたのお世話係の役目を授かったのです」

「そ、そういうことなのですね。分かりました」

ライラがしゃちほこばって言うと、「敬語は必要ありませんのに……」とヘルカは苦笑し、それまでむっつり黙っていたヴェルネリがヘルカを小突いた。

「おい。例のものは、所長から預かっているだろうな」

「わたくしが忘れ物をするとでも？　もちろん持ってきているわ」

ヘルカはつんと言うとヴェルネリの肩を押し、自分の足下に置いていた大きな布袋をテーブルに置いた。

そこから出したのは二種類の木箱で、片方に入っていた四角い装置にはライラも見覚えがあった。

「あっ、それって魔力測定器ですよね？」

「はい。ライラ様も、出生後一年以内に一度、就学時に一度、測定なさったはずです」

ヘルカに言われて、ライラは頷いた。

レンディア王国で生まれた子は、全員一度は魔力測定を行うよう義務づけられている。農村部だと出生時の一度限りのことが多いが、ライラのように王都育ちだと就学前にもう一度測ることになっている。

ヘルカに促されて、ライラは装置の上部に手を載せた。

装置の側面にはメーターがあり、測定者の魔力に応じて針が動き潜在魔力量が分かるのだが――

（うん、ゼロだよね！　知ってた！）

針はぴくりとも動かず、ライラはふっと笑う。

子どもの頃は、大人になればひょっとしたら魔法が使えるようになるかもしれない、という淡い期待を抱いていた。魔道士になれるかどうかは先天的に決まると知った時には、大泣きしたものだ。

この結果は三人とも予想していたようで、「ですよね」「だよね」と口々に呟き、ヘルカはさっさと測定器をしまった。

続いて二つ目の箱だが、こちらは測定器の入っていた箱よりも薄っぺらく、横幅が長かった。蓋を開くと、白い布の台座の上に美しい宝石が並んでいるのが見える。

行儀よく一列に並ぶ石の数は、五つ。赤や青、黄色などの色に輝く宝石は、こうして置いておくだけでもインテリアになりそうだ。

「……では、ライラ様。次の検査をいたしますが……もし検査の途中で気分が悪くなったとか、嫌な気持ちになってきたとかということがあれば、すぐにおっしゃってくださいね」

「は、はい」

「……順当に行けば痛いことも怖いこともないので、安心してください」

ヘルカに続き、ヴェルネリも励ましなのか脅しなのか分からない言葉をくれた。

（でもそれってつまり、気持ちが悪くなる可能性がなきにしもあらず、ってことだよね……？）

そう思うと、先ほどはきれいだと思った五つの宝石がまがまがしいものに思われ、ライラは思わず箱から視線を逸《そ》らしてしまった。

「ライラ……」

優しい声が掛かり、ライラの肩に骨張った手がそっと載せられる。

「無理は言えないから、嫌なら嫌と言ってほしい。でも……僕は、大丈夫だと思っている」

「ユリウス様……」

横を見ると、肉の削《そ》げた頬を緩めて微笑むユリウスが。

彼に「大丈夫」と言われると、なんだか本当にそんな感じがしてくる。彼は魔道士だから、言葉にも何かの魔法を掛けているのかもしれない。

ライラはごくっと唾を呑み、宝石に向き直った。五つそれぞれ色の異なる石が、自慢げにきらきら輝きながらライラを見上げている。

「……検査、やります。お願いします」

「ありがとうございます。ではまず、あなたから見て左側の白い石を手に取ってください」

「はい」

ヘルカに指示され、ライラは右手の指で白い石を摘み、そっと左手の平に下ろした。普通のガラス玉よりは重量があるがひんやりしており、夏場に触れると気持ちよさそうだ。

「……触ってみた感想は？」

「つるつるしていて、ひんやりします」

「そ、そうですか。……ではそれを戻して、次に黄色のものを」

少し驚いたようにヘルカが目を見開いたのは気になったが、ひとまずライラは指示に従った。

黄色の石も同じ感触で、重さもほぼ同じ。

続いて真ん中の緑の石、その隣の青の石と順に触れていき、最後に一番右にあった赤い石を手の中で転がした時にはとうとう、三人は難しい顔で顔を見合わせてしまった。

「……ライラ様、感想は？」

「つ、冷たくて触り心地がいいです」

「そうですか。……分かりました。石を置いてください」

ライラが赤い石を戻すと、ヴェルネリがそれらをまた箱の中に戻した。

（……今の、一体何だったんだろう？）

検査ということだが、石を順に触って感想を言っただけだ。

何かの謎かけか抜き打ちテストか何かだろうか、と思ってそれぞれの感触と大体の重さを頭の中に入れておいたのだが、ライラの顔を見てユリウスがほんの少し微笑んだ。

「ああ、そんな難しい顔をしなくていいよ。さっき触れた石だけど……どれに触れても、つるつるしていて冷たく感じたんだったよね？」

「……はい。あの、それが何かあるのですか？」

「……これは魔力測定器の亜種なんだけど、あれには魔力が凝縮されている。魔道士としての教育を受けていない人に説明するのは難しいけれど……僕たち魔道士は元々体の中に魔力があり、それを炎や風、圧力などの形で外部に放出して魔法を使うんだ」

ユリウスが言うに、まず体の中に純粋な魔力の素《もと》があり、訓練を受けてその純粋な魔力をさまざまな属性に変化させて具象化させることで、「魔法を使った」ということになるそうだ。

「この魔力の素は食事や睡眠を取ることで補給され、魔法を使うことで消耗する。普通の魔道士ならどちらかというと魔力の消耗の方が早くて補給をゆっくりとするから、魔力不足になって倒れることがたびたびあるんだ」

それはライラも聞いたことがある。

無理して強力な魔法を連発したり休憩を挟まずに体を酷使させたりすると、消費量に回復量が追いつかず魔力の枯渇状態になる。

（普通ならめまいでふらつくくらいだけど、ひどくなるとそのまま昏睡《こんすい》状態になるし、死んでしまうこともあるんだっけ……）

同じ国で暮らす魔道士が、目の前で魔力切れを起こして倒れることがある。その時にも柔軟に対応できるよう、非魔道士でも最低限の知識を学ぶよう推奨されているのだ。

（でも今ユリウス様は、「普通の魔道士なら」って言われた……）

ライラが視線で続きを促すと、ユリウスは難しい顔のヴェルネリたちと視線を交わした後、姿勢を正して膝の上で手を組んだ。

「……そう、普通の魔道士ならどちらかというと、魔力不足になりやすい傾向にある。でも僕は、逆だ」

「逆……」

「僕は、人よりも魔力の生産量が多い。……多すぎて、日常生活に支障を来すくらいなんだ」

そう言うユリウスは、ほんのり微笑んでいる。だがそれは楽しいから笑っているのではなく、自分の体質が特異であることに呆《あき》れ、疲れて自嘲しているからではないか。

魔力が多すぎて、日常生活に支障を来す。

それは、生まれつき一切の魔力を持たないライラには、想像もできないことだった。

「昼間は研究などで適宜魔力を放出できるからともかく、夜になると魔力の制御が難しくなる。だから君が来るまで……僕は夜になると、寝室ではなくて離れに向かっていた。そこはちょっと特殊な構造をしていてね。壁や床が魔力を吸収する素材でできていて、僕が魔力を放出しても壊れないし外部に音が漏れにくくなっているんだ」

ユリウスの淡々とした説明に、ライラはごくっと生唾を呑んだ。

昨夜ユリウスと一緒に横になったベッド。あそこは、普段彼が寝る場所ではなかったのだ。

「……離れに籠もって夜を越すとはいえ、気持ちは悪いし魔力を垂れ流しにしてしまうし、当然ろくに眠れない。どうせ寝られる環境じゃないし、僕の魔力で壊してしまってもいけないから、その部屋には寝具などは一切ない。ただ冷えた床があるだけで、そこに横になって僕は毎晩、魔力を放出してきた。……とてもじゃないけど、楽な時間ではない。息が苦しいし、吐きそうになるし、体中の痛みで涙が出る。その涙も、あっという間に枯れ果ててしまう」

「……そんな」

ライラは、想像する。

家具も何もない冷たい部屋で、ユリウスがうずくまっている。苦しそうに喘《あえ》いで、喉を掻《か》きむしって、増えすぎた魔力をひたすら放出する。

ユリウスにとっての夜は身を休める時ではなく、ただただ苦しくて辛い時間だったのだ。

「でも、君を抱きしめて寝たら僕は魔力過多で苦しむことも、寝具を破壊することもなく、ぐっすり眠れた……それには、君の特殊な体質が関わっているんだ」

「私の……？」

ライラが呆然と呟くと、黙って成り行きを見守っていたヘルカがそっと言葉を挟んだ。

「先ほど触れていただいた石ですが。実は五つの石それぞれに強度の異なる魔力が込められていました。ライラ様が最初に触れた白い魔石でも、普通の非魔道士なら違和感を抱いていたはずです」

「……そ、そうなのですか？」

「はい。……順に魔力の強いものに変えていったのですが、最後の赤い魔石に至っては、わたくしが触れたとしても吐き気を催すほど強烈なものです。しかし、あなたは赤い魔石でさえ涼しい顔で持つことができました」

そう言われて、ライラは先ほどのユリウスたちの反応に合点がいった。

（つまり、石を持った私が魔力にあてられて体調を崩さないか、確認されていたんだ……）

彼らは影響力の弱い魔石から順に調べていったが、当の本人は「ひんやりしている」「すべすべしている」とのんきな回答ばかりした。三人が動揺したのも当然のことだろう。

「おそらくあなたは、純粋な魔力を吸収し、無効化する体質を持っています。レンディア王国でもあまり発見例のない……非常に珍しい、特殊な体質です」

特殊な体質。

ぱちくりまばたきしたライラは、自分の両手の平に視線を落とす。

魔道士にはなれないと、子どもの頃に悟った。

(でも私には、魔力とは違う体質が……?)

「……そうなのですか?」

「はい。……確かユリウス様は、イザベラ様主催の夜会でライラ様を見初められたそうですね」

「うん。……ライラ、覚えているかな? バルコニーにいた君と僕がぶつかった時のこと」

「は、はい。もちろんです」

あれは色々な意味でライラにとって衝撃的な出来事だったので、そうそう忘れられそうにもない。

「ユリウス様は、倒れそうになった私を抱き留めて……き、求婚なさったのですよね」

「……こうして聞くと、とてもロマンチックに思えますね」

ヘルカがしみじみと言うが、その時のライラはロマンチックのロの字も感じられず、むしろ濁流に押し流される小舟のような気持ちだった。

「そうそう。……僕はその時、ちょっと体調が悪くてね。せっかくの伯母上主催の夜会だから準備をして参加したのはいいけれど、予想以上に早く魔力が溜《た》まって。人気のないところで発散しようと思っていたら君にぶつかった——途端、僕の中でうごめいていた魔力がさっと消えたんだ」

……そうして、ユリウスは気付いたそうだ。

目の前にいる娘は、自分の体から溢《あふ》れる魔力を無効化してくれる。ただし娘自身にその意識はなく、非魔道士であるのに彼女がユリウスの強力な魔力にあてられた様子もない。

……彼女を手放してはいけないと本能的に思ったユリウスの取った行動が、「求婚」だったのだ。

「……そういうことだったのですね」

「今では、とんでもないことをしたと思うけれど……ライラは僕の求婚に応えてくれたし、君と一緒に寝ると魔力が吸い取られ、心地よく眠ることができた。……君がいてくれると、僕は普通の人と同じ生活を送れるんだ。だから……君には、感謝している」

「……」

「……ライラ?」

「……あの、話は分かりました。でもだからといって、あなたから感謝の言葉をもらうことはできません」

ライラが言うと、さっとヴェルネリが色めき立ったのが分かる。だがすかさずヘルカが彼の脛《すね》に蹴りを入れ、ヴェルネリがぎろっと彼女を睨んだ隙に、ライラはユリウスに詰め寄った。

「確かに私は、特殊な体質を持っているのかもしれません。そのためにユリウス様の体調がよくなったというのも、事実でしょう。……でも、私は本当に、何もしていないのです」

夜通しユリウスを看病したわけでも、彼のために寝所を掃除したわけでもない。

ヴェルネリが言っていたように、ただユリウスに抱かれて寝ていただけなのだ。

ユリウスは難しい顔をしていたが、ライラはそっと彼の手の甲に触れた。

「だから、あなたからお礼を言ってもらう理由なんてないのです。……私はただ、あなたに快適な夜を迎えてほしい、ぐっすり眠ってほしい、と思ってヴェルネリのお願いを聞き入れただけ。私が自ら行動を起こしたわけじゃないのです」

ぴくり、とユリウスの手が震え、ヘーゼルの目がライラを真《ま》っ直《す》ぐに見つめる。

「……君は、僕の安眠を願ってくれたのか?」

「だって、眠れずに困っている人がいて、私がいれば改善されるかも、って言われたら協力したくなるじゃないですか」

それは、愛とか恋とかではない。この結婚は、愛情があって始まったものではない。

それを知ったライラだが、心の内は凪《な》いでいた。

(ユリウス様は、私への愛情はなかったとしても、私を必要とするから求婚してくださった)

ヨアキムの時のような家同士の理由などではなく、「ライラ」という人を求めてくれた。

それに今は愛情はなかったとしても、ライラがユリウスに歩み寄り、ユリウスがライラのことを知れば、もしかすると。

「あと……関係のない人ならともかく、相手は私の……こ、婚約者様ですし」

「……」

「だ、だから私は仕事とか義務とかじゃなくて、私がしたいからこれからもユリウス様が魔力を発散できるよう、お手伝いしたいのです。そういうことです！」

無理矢理だとは分かっていてもヤケになって言い切ると、ユリウスはぷっと噴き出して空いている方の手で口元を上品に覆った。

「ふふ……そうか。君がしたいというのなら、いちいち礼を言うのもおかしいかもしれないな」

「そうでしょう？」

「じゃあ、その代わりにこの一回で全てをまとめさせてほしい。……ライラ、僕のことを気遣ってくれて、求婚を受け入れてくれて……本当に、ありがとう。僕はこれからも君と一緒にベッドに入り、君の温《ぬく》もりを感じながら眠りたい」

そう言いながらユリウスはライラの手を両手で握り、胸の高さまで持ち上げた。

限りなく優しい声音で囁かれたのは——ともすればとんでもない誤解を招きかねない、なかなかきわどい発言だった。

（私の温もりを……いや、そうだけど！　確かにその通りだけど！）

脇でヴェルネリがあんぐり口を開け、ヘルカが「まあ」と上品に笑っているのを横目に、手を握られたライラはぎこちなく笑う。

「あ、はは……そうですね。あの、私は結構寝付きがいい方だし寝相も悪くないと思うので、どう

ぞ私のことは便利な抱き枕とでも思ってくだされば！」

「……。……『便利』なんて、人に対して使う言葉じゃない。……僕は、君がいいんだ。君の体質が僕を助けるというのもあるけれど……君の隣は、とても安らげる。君の寝息を聞いていると、幸せで胸がいっぱいになるんだ」

（ひっ、ひぇぇぇぇぇぇぇ!?）

ガガガガッと体中の体温が上がり、頭が茹《ゆ》だりそうになる。きっと今、自分はみっともないくらい赤面していることだろう。

自分の台詞《せりふ》がライラにどれほどの衝撃を与えているのか分からないのか、ユリウスは小首を傾げ、あわあわと意味もなく口を開閉させるライラの顔を覗き込んできた。

「ライラ……顔が赤いよ。どうかしたのかな？」

「だっ……誰のせいだとお思いなのですかっ!?」

「……？　えっと、誰のせいなんだろう……？」

（この人、天然なの!?）

本気で分からない様子で、ユリウスはヴェルネリとヘルカを見ている。だが二人がさっと視線を逸らすと、あっと声を上げた。

「まさか、僕？」

「そうですっ！」

「僕、知らないうちに魔力を出してしまっていたのかな？　おかしいな、ライラに触れているからとても気持ちはいいのに……」

（だから、言い方ー！）

病弱でこれまであまり表に出られなかったからか、大魔道士様は口が達者なわりに、とても鈍感なようだった。

真っ赤になるライラと、彼女の手を握ったまま不思議そうな顔をするユリウス。

「……」

「……ヴェルネリ、お二人の邪魔をするようなら脳天かち割るわよ」

「……分かっている」

二人を見守る魔道士たちは、真顔でそんな会話をしていたのだった。

＊＊＊

ライラはヘルカを世話係に据え、魔道士ユリウスの婚約者——兼抱き枕係としての生活を始めることになった。

ライラの朝は、ユリウスの腕の中から始まる。

ユリウスはライラと一緒に寝ることで不眠症は解決できたが、元々朝には弱い質《たち》らしい。朝日を感じてライラが目覚めた時にもほぼ間違いなく、ユリウスはまだ夢の中だ。

（今日も、よく眠ってらっしゃる……）

どうせヴェルネリが起こしに来るのだから、それまでの間ライラはユリウスの寝顔を観察していた。といっても、やましい心があるからではない。

ライラの腰に片腕を回してすうすう眠る、ユリウスの顔。その目元の隈が日に日に薄れているのを確認できると、とても安心できるのだ。

今日も彼は魔力過多で悩むことなく、朝まで熟睡できている。幸せな夢を見ているのか口元は微笑を湛えており、その顔つきは日中よりも少しだけ幼く見えた。

そうしていると、朝食の仕度を終えたヴェルネリが寝室に上がってくる。

彼に声を掛けられてようやくユリウスはまぶたを開くが、彼の頭の中まですっきり目覚めるにはさらに時間が掛かった。

「ユリウス様、もう朝です。ライラ様から離れ、仕度をしましょう」

「ん……もうちょっと。ライラ、すごく抱き心地がいいんだ」

そう言って目を閉じたユリウスは、ずっと抱いたままのライラの肩にすりすりと頬ずりをしてきた。まるで甘えたがりな猫のような仕草にほんわかする半面、婚約者とはいえ男性に抱きつかれているということでどきどきしてくる。

（こ、このままだと二度寝に連れ込まれる！）

入り口のところからヴェルネリがじとっとした目で見てくるのを横目に、ライラは自由に動く方の手でゆさゆさとユリウスの肩を揺さぶった。

「ユリウス様ー。起きましょー。ヴェルネリが怖い顔で睨んでまーす」

「だいじょうぶ……ヴェルネリはやさしいから……まってくれる……」

「いや、そういう問題じゃないでしょう」

そしてヴェルネリも、まんざらでもなさそうな顔をしないでほしい。

結局今日は、なかなか降りてこないライラの様子を見るために上がってきたヘルカが一喝し、ユリウスからライラをべりっと引きはがしてくれた。

「ユリウス様、ライラ様と共に寝る時間が幸福なのは結構なことですが、もう朝なので切り上げてください。そしてヴェルネリ。ユリウス様相手とはいえ、時には毅然《きぜん》としなさい」

「……ごめん、ヘルカ、ライラ」

「……ふんっ」

立場にかかわらず男二人を叱るヘルカは、非常に格好いい。

大人びていてしっかりしているヘルカだが、年齢を聞いたところライラより三つ上なだけで、ユリウスやヴェルネリより年下だった。それでも男たちを叱責して反省させられるヘルカは、ライラの中で密《ひそ》かな憧れの対象となっている。

（私もヘルカくらい、しっかりしたいなぁ……）

身長や美貌や体型はとうてい真似できそうにないが、ヘルカのような凜《りん》とした大人の女性になるのがライラの目標である。

ヘルカに連れられて二階の自室に降り、着替えをする。今日ヘルカが選んでくれたのは若葉色のドレスで、腰の後ろの大きな蝶々《ちょうちょう》結びが可愛らしい。

そうしてユリウスの部屋のリビングで、一緒に食事を取る。ユリウスはやはりカリカリに焼いたベーコンが好きらしく、毎日のようにメニューに上がっていた。

だがヴェルネリはユリウスの健康もしっかり考えてメニューを作っているので、野菜や果物、キノコなどもバランスよく盛り込まれている。

「……僕、野菜もそうだけどキノコが苦手なんだよね」

「味ですか、見た目ですか？」

「一番は、食感かな。ぐにゅって歯ごたえが昔から苦手なんだ。ライラは苦手な食材、ないの？」

「わりと何でも食べますね。……あ、食材云々《うんぬん》より、辛い味付けのものが苦手です。味付けは薄くてもいいので、甘めが好きですね」

「僕も、甘いものは好きだよ。ヴェルネリが買ってくれる焼き菓子は、どれもおいしいんだよ」

「そうですね……」

そこで、ライラはあれっと思った。

（そういえば、茶菓子に出てくるのはどれも市販のものっぽいような……？）

ユリウスと時間の都合が付いた時には、クッキーやケーキなどを添えたティータイムの時間を共有することにしている。だが少なくともライラは、ヴェルネリがそれらを厨房で作っている気配を感じなかった。


食後、一旦ライラの手に触れて魔力をほどよく放出してから、ユリウスは自室で魔道の研究をすることになった。

「ライラは今日、どうする？」

「そうですね……本を読んだり、屋敷の中を歩いたりしてみます」

ユリウスに問われ、ライラは考えつつ答えた。

ユリウスの未来の花嫁として屋敷で生活することになったライラだが、夜はユリウスの添い寝という重大任務がある半面、昼は基本的に暇だ。家事全般はヴェルネリが張り切って行《おこな》っているし、ライラの身の回りのことはヘルカがしてくれる。

彼女も暇な時には話し相手になってくれるが、魔道研究所から持ち帰った仕事がある時などは一階にある自室に籠もっているので、ライラは手持ちぶさたになってしまう。

（今日、せっかくだからヴェルネリが暇そうな時に、蒸留室《スティルルーム》を見せてもらおうかな）

蒸留室とは、簡単に言うと菓子作り用の部屋だ。

元々は女主人が果実の蒸留やジャム作りなどをしていたことからその部屋の名が付いたのだが、最近では専ら菓子を作ったりジャムなどを保管したりする場所として、メイドたちが使う部屋となっていた。

ユリウスを見送ったライラは、二階から一階に向かう階段の途中でちょうどよくヴェルネリの黒ローブを見かけた。

「ヴェルネリ、ちょっといいかしら」

「内容によります」

（本当に、この人は！）

ユリウス第一主義者の彼は、いくらライラの体質がユリウスの病状緩和のためにぴったりとはいえ、ぽっと出の平民の女に心から傅《かしず》く気になれないようだ。

そういうことでライラが屋敷に来て数日経つがいまだに彼の態度はどこかつんつんしており、ライラもそういうものだと受け入れるようにしていた。

「じゃあ質問するから、はいかいいえで答えて。時間がある時でいいから、蒸留室を案内してくれない？」

「……」

てっきり「嫌です」と即答するかと思いきや、ヴェルネリは難しい顔で黙り、自分より階段五段分ほど高い場所にいるライラの顔をじっと見上げてきた。

「……蒸留室で、何をなさるおつもりで？」

「それはもちろん蒸留室なのだから、もしお許しがもらえるのならお菓子作りをしたくて」

もしかすると、ヴェルネリは菓子作りをしない――できないのかもしれない。

屋敷案内の際にちらっと見た蒸留室は整理整頓されていたが物寂しく、使用されていないのが明らかだった。

厨房はヴェルネリの聖域だというから蒸留室も同じかと思ったらそうでないようだし、手製の菓子が出たこともないとユリウスが言っていたため、そう予想したのだ。

ひくり、とヴェルネリの口元が歪《ゆが》む。

「……ああ、そういえばライラ様は、菓子作りがご趣味でしたか」

「ええ。お菓子作りだったら、専門のメイドにだって負けない自信があるのよ。蒸留室はあまり使われていないようだから、そこでお菓子を作りたくて」

言ってから、ヴェルネリの矜持《きょうじ》を傷つけてしまったかとひやっとする。

だがヴェルネリは渋い顔でしばし考えた後、さっと目線を逸らした。

「……その菓子は、ご自分用ですか？」

「え、ええ。とりあえずは。……だってたとえ作ったとしても、ユリウス様やヴェルネリには食べてもらえないでしょう」

ヘルカなら一緒に食べてくれそうだが、「ユリウス様にそんなものを食わせるつもりか！」とヴェルネリの怒りに触れそうだ。余っている卵と小麦粉、砂糖などを使って簡単なものを作り、趣味にできれば……と思っていたくらいだ。

ヴェルネリはしばし黙った後、さっときびすを返した。

「……ご案内するなら、今がいい時間です。すぐに参りましょう」

「あ、うん。お願いします、ヴェルネリ」

どうやらヴェルネリの気が向いたようなので、彼が気分を変える前にとライラは急いで彼の後を追った。

蒸留室は、一階の廊下の奥を少し降りた先、半地下にあった。元々ここは厨房を取り仕切る料理人《コック》ではなく、メイドたちを監督する家政婦《ハウスキーパー》の管轄にあるので、厨房から少し離れた場所にあってもおかしくない。

ヴェルネリが開けたドアをくぐった先の蒸留室はやはりがらんとしていて、使用感がなかった。

「……数年前は、ユリウス様の教育係を担ったメイドがここを使っておりました。しかし高齢の彼女が引退してからは、使うことがなく……。結構いい道具を揃《そろ》えていたようですけれどね」

作業台の下にあった立派な秤《はかり》に触れ、ヴェルネリが呟く。やはり彼はここを使っておらず……上質な調理器具をしまったままにしていることを、申し訳なく思っているようだ。

「元々蒸留室は、屋敷の女主人の仕事部屋です。ユリウス様も快諾なさるでしょうし……誰かに使われた方が、この道具たちも喜ぶでしょう」

道具が喜ぶ、なんて彼らしくもない詩的な表現だが、それには突っ込まずライラは頷いた。

「ありがとう、ヴェルネリ。メイドの方が残された道具、大切に使わせてもらいます」

「……そうしてください」

立ち上がって頷いたヴェルネリは、少しだけ嬉しそうな顔をしているように感じられた。

ヴェルネリがいなくなった蒸留室で、早速ライラは備品の点検を始める。

ヴェルネリは掃除だけはまめにしていたらしく、使用感こそないが埃《ほこり》などは積もっていないし、多くの道具はきれいに磨かれていた。

（泡立て器、ボウル、オーブン……一通りの設備は揃っているみたい）

ひびの入っているガラスボウルや皿などは危険なのでさすがに処分対象だが、ほとんどのものは質がいいこともあり、そのまま問題なく使えそうだ。菓子作りに必要なものはおおかた揃っているし、中にはライラが見たことがないような道具もあったので、わくわくしてくる。

「ライラ様？」

「あっ、ヘルカ」

書類仕事を一旦切り上げたらしいヘルカが蒸留室に顔を覗かせて、作業台に調理器具を積み上げているライラを見て目を丸くした。

「……こちらにいらっしゃるとヴェルネリから聞きましたが、お菓子作りをなさるのですか？」

「ええ、ユリウス様の許可を得られたら、だけど」

「なるほど。……もうお察しかもしれませんが、ヴェルネリは料理は得意なのですが、菓子作りはてんでだめなのです」

入ってきたヘルカが言ったので、ああやっぱり、とライラは苦笑した。

「お菓子が市販のものばかりだと聞いていたから、そんな感じはしていたわ。……焦がしてしまうとか？」

「本人曰《いわ》く、オーブンで肉は焼けてもクッキーは焼けないそうです。どうやっても生焼けか消し炭になるので、匙《さじ》を投げたようですね」

「そ、そうなんだ……」

それは火加減の問題だと思うし、こうなるともうヴェルネリは菓子作りの神に見放されていると思った方がよさそうだ。そんな神がいるのかどうかは知らないが。

ヘルカの手も借りて一通り道具の確認をし、ユリウスの使用許可も下りたところで、早速菓子を作ってみることにした。

「何になさいますか？」

「ひとまずバターケーキを焼こうかな。材料は、食料倉庫かな……？」

「必要なものと分量さえ教えてくだされば、わたくしが持って参ります」

ヘルカが言ったので、ライラはありがたく彼女におつかいを頼んだ。

そうしてボウルや秤、泡立て器などを洗って準備していると、思いの外早く背後のドアが開いた。

「ヘル――」

「残念、私です」

ヴェルネリだった。

布巾を手にしたまま振り返ったライラを、ヴェルネリは少し不満そうな顔で見ている。

「……ユリウス様から伝言です。ライラがお菓子を作るなら、僕も食べたい、とのことです」

「えっ」

ぽかんとするライラを見、ヴェルネリは深いため息をついて前髪をくしゃっと握った。

「……そのお言葉をとても嬉しそうな顔で言われるものですから、文句も言えず……。ということで、今から何を作るのかは知りませんが、ユリウス様も召し上がるということを念頭に置いていてください」

「そ、その……いいの?」

「いいも何も、ユリウス様のご命令です。……まあ、あなたがユリウス様の召し上がるものに毒を入れるとは思っていませんし、事前の毒味もさせてもらいますが。製作途中も――」

「わたくしが見ているわ、ヴェルネリ」

ヴェルネリの肩がとんっと揺れ、ライラのおつかいをしてきたヘルカが入ってくる。

彼女は食材が入っているらしい布袋を作業台に置き、怪訝《けげん》な顔をしているヴェルネリを振り返り見た。

「あなたは忙しいでしょうから、わたくしがここにいるわ。ライラ様に限って滅多なことはないでしょうけど……ご了承ください、ライラ様」

「えっ、そんなのちっとも構わないわよ。疑われても仕方ないのは、分かっているし」

ライラは微笑んだ。ヴェルネリやヘルカからしたら、ライラがユリウスの食べるものに変なものを投入しないか、心配するのも当然だろう。

「こっちこそ、ヘルカも仕事があるのに振り回してごめんなさい」

「いえ、わたくしは側で見守るだけですので」

「ライラ様。そこにいるヘルカに調理を任せてはなりません。全てが『無』の味となります」

「あらら……ヴェルネリったら、新人時代の失敗談をライラ様に聞かれたいのかしら？」

「私は事実を言っただけだ！」

早速ヘルカとヴェルネリが仲よく喧嘩《けんか》をし始めた。「無」の味がどんなものなのか気にはなるが、今ばかりはヴェルネリの忠言に従った方がよさそうである。

ヘルカによってヴェルネリが追い払われた後、ライラはヘルカが持ってきてくれた食材を確認した。

「バター、小麦粉、砂糖と、卵……うん、全部あるね。ありがとう、ヘルカ」

「……わたくしには、これくらいしかできませんので」

遠い眼差しになって言うヘルカに突っ込む気になれず、誤魔化し笑いを返したライラは彼女が差し出したエプロンを身につけ、菓子作りに取りかかった。

小麦粉はふるい、卵は卵黄と卵白に分ける。バターは常温で溶かすのだが、ここですかさずヘルカが申し出て、バターの入ったボウルを手に持って魔法で温めてくれた。

「これくらいでよろしいでしょうか？」

「うん、ありがとう。これを滑らかになるまで混ぜて、砂糖と卵黄を入れるのよ」

バターの表面がとろりとしたところで木べらで混ぜ、バタークリーム状になると砂糖と卵黄を入れる。

卵白は角《つの》が立つまで泡立て、半分をバタークリームに入れて混ぜ、小麦粉を入れてから残りの卵白も入れる。あまり混ぜすぎず、卵白の気泡が残るくらいでやめるのがポイントだ。

「オーブンは温まっている？」

「完璧です！」

この屋敷のオーブンはライラの実家にあった石炭を使うものとは違い、なんと魔力によって温めるタイプだった。

中に魔力を溜めておけば非魔道士でも使えるそうだが不安なので、ひとまずヘルカに頼んで予熱しておいてもらった。オーブンを完璧な温度にしたヘルカは、とても嬉しそうである。

生地をケーキの型に流し込み、天板に載せてオーブンに入れる。扉を閉め、ヘルカの指の一振りでオーブンがカリカリと音を立て始めた。一瞬不安になったがヘルカ曰く、「きちんと作動している証《あか》しです」とのことだ。

焼き上がるまで一時間ほど掛かるため、その間に洗い物をして、蒸留室内で待つことにした。

「お菓子作りの資料、結構あるのね……」

本棚には、以前勤めていたというメイドが作ったらしい、手書きのレシピノートが数冊置かれていた。

それらは年季が入っており、しかもそれぞれのページをよく見ると、小さい字で日付や一言が添えられている。

「……これってひょっとして、前のメイドさんがこのお菓子を作った日付かな？」

「おそらくそうでしょうね。そして……添えられたこの一言は、菓子を食べた時のユリウス様の反応ではないかと」

ヘルカのほっそりとした指が辿《たど》る先には、「甘い方がお好き」「とても喜んでらっしゃった」「半分ほど残された」といった言葉が。

年老いたメイドが幼いユリウスのために菓子を作り、その都度彼の反応をメモする姿が、文字から伝わってくる。

「……とてもユリウス様のことを大切にされていた方だったのね」

「そうですね……わたくしは数度会った程度ですが、ユリウス様が七歳くらいでバルトシェク家に引き取られた際、子守女中《ナースメイド》として雇われたそうです。当時のユリウス様は口数が少なくて感情の起

伏に乏しいお子様でしたが、養父の方はもちろん、そのメイドからたくさんの愛情を受けて育たれたそうです。ヴェルネリも、彼女にはどうも頭が上がらなかったそうですよ」

「ふふ……そうなんだね」

背の高いヴェルネリが、小柄な老女に叱られてしゅんと項垂《うなだ》れている姿が簡単に想像できる。どうやらヘルカも同じことを考えていたようで、二人で顔を見合わせてくすくす笑った。

(それにしても……ユリウス様の過去、か)

十五年前、隣国オルーヴァの侵略に対して迎撃したミアシス地方国境戦で、レンディア王国魔道軍に拾われたというのは知っている。そして、魔道の才能に恵まれていたためイザベラの弟の養子になり、この屋敷を与えられたのだと。

(ユリウス様は元々病弱で、養父が亡くなってからますます籠もりがちになったとのことだけれど……その頃から魔力過多がひどくなったんだよね)

魔力量は先天的に決まる。ということは、彼は子どもの頃から多すぎる魔力に苦しみ、不自由な幼少期を送ってきたのだろう。彼が戦災孤児だというのも、何か関係しているのかもしれない。

だが彼はその能力を適切に判断してくれる家に引き取られ、養父やメイドたちに愛情を注がれて育つことができた。げっそり窶れ、夜もまともに眠れないという辛い日々を送ってきた彼だが、その心には優しさが溢れていることをライラは知っている。

(私も、ユリウス様の支えになれれば)

いい匂いがする。オーブンからケーキの型を取り出し、ふっくら焼けた生地に串を通す。いい焼け具合だ。

ヘルカが魔法でほどよく生地を冷ましている間に皿などの準備をし、トレイに載せる。

(私にできる形で、あの方の心を癒せたら)

ヘルカを伴い、蒸留室を出る。

三階のリビングの前では厳しい顔をしたヴェルネリが待ちかまえており、「おまえは手を加えていないな?」「喧嘩売っているの?」とヘルカと言葉をぶつけあっている。

(婚約してよかった、とお互いに思えたら)

ヴェルネリがドアを開け、ライラはトレイを持って部屋に入る。

ユリウスはなにやら作業をしていたようで、テーブルにパーツのようなものを広げていたが、ライラを見るとぱっと顔を輝かせた。ヘルカの魔法の一吹きで広がっていたパーツたちはそのまま舞い上がり、少し離れた床の上に着地したのでテーブルの上がすっきりした。

「お待たせしました。バターケーキをお持ちしました」

「ありがとう! すごくいい匂いだ……」

「では申し訳ありませんが、私が先に一口いただきます」

ライラがケーキを切っていると、ぬっとヴェルネリが覗き込んできた。直接的なことは言わなかったが、これがいわゆる「毒味」だろう。

（ま、仕方ないよね。それに、ヴェルネリの反応も知りたいし）

菓子作りができないらしいヴェルネリは、ライラの手製菓子を食べてどのように言うのだろうか。

ユリウスの目の前でけちょんけちょんに貶されないことだけは、願いたい。

ライラはまず薄めに二枚切り、小皿にそれぞれ載せた。ヴェルネリと、先ほど「わたくしも少しいただきますね」と言っていたヘルカの分だ。

「どうぞ」

「……もらいます」

「いただきます、ライラ様」

ユリウスの勧めで皆がソファに座ったので、ライラは同じソファの端と端ぎりぎりに離れて座ったヴェルネリとヘルカにケーキを差し出した。

ふと隣を見ると、膝の上で頬杖《ほおづえ》をついたユリウスが、目を輝かせてヴェルネリたちの様子を見ていた。早く食べたくて仕方がないといった様子だ。

（ここまで期待されているのは……嬉しいな）

だが、ヴェルネリによって却下されたらバターケーキはユリウスの手に渡ることなく、ライラの胃に全て押し込まれることになってしまう。

ヴェルネリとヘルカがそれぞれ、ケーキ生地にフォークを入れて一切れ刺し、口に運んだ。

ユリウスほどではないがその様も洗練されており、この屋敷で一番マナーがなっていないのは自分だろうとライラは確信した。

「……」

「……どう？　おいしい？」

ライラ以上に、ユリウスがそわそわとしている。

ヴェルネリたちはしばし無言で咀嚼《そしゃく》して、二切れ目を口に運んだ。ケーキは薄く切っていたので、それだけで二人の皿は空になる。

「……毒はありません」

「それは分かっている。味はどうなんだ？」

「……。……まあ、ユリウス様が召し上がる分には、悪くないかと」

「……。……そうですね。よろしいお味かと」

なにやら考え込んでいる様子のヴェルネリに続き、彼の横顔をちらっと見たヘルカも微妙な感想を述べてくれた。

ヴェルネリはまだしも、ヘルカなら具体的に褒めてくれると思っていたので、ほんの少しだけ落胆してしまう。

（うう……それって、すごくおいしいわけでもすごくまずいわけでもない、ってことだよね……）

しょんぼりしてしまうが、くいくいと袖を引かれてライラは顔を上げた。そこには、期待に目を輝かせたユリウスが。

「ほら、ヴェルネリたちの味見は終わったよ。僕も食べていいよね。あ、ヴェルネリ。お茶を淹《い》れてもらっていいかな？」

「もちろんです。……ほら、行くぞヘルカ」

「はいはい。……では仕度してきますので、先にケーキを召し上がっていてください」

思いの外あっさりヴェルネリの言葉に従ったヘルカも、さっさと部屋を出て行ってしまった。せめてヘルカはいてくれた方が心強かったのだが、今さら呼び止めることはできない。

（……よ、よし！）

「どれくらい切りましょうか？」

「切らなくていいよ。丸まるいただく」

「私の判断で切りますね？」

「……はい」

にっこり笑って圧を掛けると、ユリウスは苦笑しつつ素直に頷いてくれた。彼はどちらかというと栄養分が足りていなさそうだが、だからといってバターも砂糖も使っているケーキを一度にたくさん食べていいわけではない。きっとヴェルネリなら、同じ反応をしたはずだ。

それでもライラはなるべく厚めにケーキを切り、皿に載せた。ヴェルネリたちがまだ戻ってこないのでフォークを添えて差し出すと、ユリウスは嬉しそうに皿を覗き込んだ。

「ああ、おいしそうだ。いただきます」

「はい、どうぞ」

ユリウスの骨張った指が丁寧にフォークを摘んでケーキを切り分ける様を、ライラは固唾を呑んで見守っていた。

（せ、せめて「普通においしい」くらいの反応をもらえたら……！）

膝の上に載せた拳は震え、ドッドッドッと血潮の流れる音が脳天まで響いてくる。

ライラの緊張をよそに、ユリウスはゆったりした動作でケーキを口に運び、咀嚼する。

そして、待つこと五秒ほど。

「……甘くて、とてもおいしいよ」

「えっ……」

いつの間にか伏せていた顔を上げると、痩せた頬をほんのり赤らめ、嬉しそうに笑うユリウスが。

——不意打ちの満面の笑みに、ライラの呼吸が一瞬止まった。

「そうだ……昔ここにいたメイドが作ってくれたのも、こんなお菓子だった。焼きたてでほんのり温かくて、ふわっとしていて、甘くて……」

「……」

「君はすごいね。こんなにおいしいお菓子を作れるなんて、君も魔法が使えるのかもしれないよ」

「えっ、無理です。前に測定したじゃないですか」

「そういうものじゃないよ。おいしいお菓子を作って、僕を幸せにしてくれる……そんな力は、君だけが使える魔法だよ」

　ユリウスの言葉に、ライラは目を瞬かせた。

　確かに、奇跡的な能力のことを「魔法みたい」と喩《たと》えることはある。とはいえ、ライラも菓子作りはかなり得意な方だが、そこまで言われたことはない。

「……私だけの、魔法……？」

「そう。……ああ、それだけじゃないね。君は夜は僕を幸せな眠りに導いて、昼はおいしいお菓子で嬉しい気持ちにさせてくれる。……すごいな。君はこんな素敵な魔法を二つも使えるんだよ」

「あ……」

　──魔道士になりたい、と子どもの頃に思っていた。

　魔道士に憧れる平民の子どもは多くて、ライラも昔見た貴族の魔道士のように、格好いい魔法をたくさん使える素敵な魔道士になりたい、と思っていた。

　だがその才能のないライラは、十八歳になった今もヘルカたちのように魔法を使うことができない。

（でも、私にも魔法が使えたんだ）

　昼も夜もユリウスを助けられる、ライラだけの魔法が。

　思わず鼻の奥がつんとしてしまい、ライラはさっと顔を背けてポケットから出したハンカチを鼻に当てた。

「す、すみません。えっと……くしゃみが」

「……そっちを向いたままでいいから、ライラ」

「……はい」

「これから、短くない時間を君と過ごすことになる。だから……君の魔法で、これからも僕を支えてほしい」

ハンカチで鼻を摘み、ライラはじっと黙る。

その沈黙を咎めることなく、ユリウスは穏やかな声で続けた。

「僕は魔法は得意だけれど体は弱いし、世間知らずなところの自覚もある。君みたいにしっかりしていないから、君を困らせることもあるだろう。でも……僕にできる形で、君を守りたい。そう思っている」

ライラは振り返った。

ユリウスは二切れ目を口にして、「やっぱりおいしいね」と呟いている。

（……私は、ユリウス様を支えたい）

婚約者だからとか、いずれ結婚する相手だからとか、家を支援してくれるからとか、そういうのを抜きにしてでも。

少し寂しそうに笑うこの人を、支えたい。

もっと笑顔にしたい。そう思える。

「……はい。ユリウス様」

「ありがとう。……くしゃみは止まった？」

微笑むユリウスに問われたので、

「……ええ、おかげさまで」

ライラも笑顔で答えた。

＊＊＊

「……素直じゃないわね」

「何がだ」

屋敷一階の厨房で、のんびりと茶の仕度をする男女の姿が。

「あのケーキ、とてもおいしかったわ。それなのに自分は素っ気ないことしか言わないし、わたくしにも無言で圧力を掛けてくるし」

「……おまえには関係な――」

「はいはい。……察するところ、ライラ様の作られたケーキに最初に『おいしい』と言うのを、ユリウス様にしてあげたかったのでしょう？」

「……」

「わたくしから一つ助言を。……あなたの気遣いは遠回しすぎて、分かりにくいの。いつかライラ様に愛想を尽かされて、お菓子を作っても『あ、ヴェルネリの分はないから』って言われるようになるわよ？」

「……うるさい」

「背中が悲しそうよ、ヴェルネリ」

「うるさいっ」

ヘルカは、こっそりと笑った。

まだ、茶の仕度はできそうにない。

3章 ◆ 温かな日々を共に

ライラがユリウスの屋敷で暮らすようになって、半月ほど経《た》った。

「ライラ、君のご両親から手紙だよ」

いつものように菓子を持って上がったライラに、手紙整理をしていたユリウスが声を掛けた。

これまでは方々《ほうぼう》から届く手紙の返信は、ヴェルネリに任せることが多かったそうだ。だが最近のユリウスは調子がよいようで、手紙の返事を書くのはもちろん、自分の方から魔道研究所の知り合いやバルトシェク家の縁者に手紙を書くようになっている。

（あ、そういえば今朝、父さんからの手紙が届いたってヴェルネリが言ってたっけ）

ユリウス宛てになっていたので、ひとまず彼のところに持って行かれたのだろう。何が書かれているか気になっていたので、トレイをヘルカに預けてユリウスのいるデスクへ向かう。

「父は……何と申しておりましたか？」

「君が元気でやっているかの確認と、キルッカ商会についてだよ。読んでみて」

ユリウスに促されて、ライラは薄い便せんを受け取る。その時一瞬だけ、実家でメイドが使っていた洗濯石けんの香りがした気がした。

便せんには、娘がユリウスの邪魔になっていないかの確認と、先日イザベラがキルッカ商会がやり取りしている宝飾工房を、バルトシェク家のお抱えの一つにすると知らせた旨について書かれていた。

「イザベラ様が、うちの商会の……」

「うん、そうみたい。キルッカ商会は、宝飾品や調度品などに精通しているんだろう？　国内の小規模工房と市場の間を繋《つな》いだりして活躍していると聞いて、伯母上も興味を持たれたそうなんだ」

ユリウスの言う通り、キルッカ商会は主に日用雑貨の方面であちこちと提携を結んでいる。

キルッカ商会が直接商売をしたり何かを作ったりすることはなく、主に王都や地方都市で工房を開く職人たちと契約を結び、彼らの作った品物を市場に出す手助けをしている。町娘でも買えるような値段の指輪から、貴族の屋敷で使われるような立派な木製のクローゼットまで、生産者と購入者の橋渡しをして、仲介料を取っているようなものだ。

この形で成り立っている商会は多いが、キルッカ商会は「職人の誇りを尊び、購入者の希望に応える」を柱としており、派手な儲《もう》けはないが着実に実績を重ね、その甲斐《かい》もあっていつぞやのように名家であるバルトシェク家のパーティーにも招かれるほどの信頼と財力を築いたのだ。

「この前の夜会に、君のご両親もいらっしゃっていただろう？　元々伯母上はキルッカ商会のことは好意的に捉えられていたし、ライラが僕と婚約したのをきっかけに、本格的に提携しようという気になられたみたいだ」

「……そ、そうなのですね」

ユリウスは涼しい顔で言うが、ライラの方は胸がどきどきして、父の手紙を握り潰してしまいそうだ。キルッカ家もいくつかの貴族と個人契約を結んでいるが、魔道の名家バルトシェク家は破格の提携先だ。

イザベラがキルッカ商会を通して職人たちが真心込めて作った作品を購入するだけでなく、「キルッカ商会は、バルトシェク家にも認められた」というだけで凄《すさ》まじい効果が生じる。キルッカ家のような上流市民階級が貴族と縁を持ちたがる理由には、このネームバリューの効果が大きい。

（な、なんだか今になって、ユリウス様と結婚することの重大性が見えてきた気がする……）

ライラはあくまでもユリウスの健康管理係として毎日を暮らしているつもりなので、実家ではそのようなやり取りがあったと言われても、遥《はる》か遠い場所での出来事のように感じられてしまう。

「……イザベラ様には、いくらお礼を申し上げても足りないくらいです」

「うーん……それはどうかな。伯母上だって、いくらライラを僕の婚約者にするための条件だとはいえ、キルッカ家が無能だったらここまで素早く手を回さないよ」

ユリウスはそう言うとライラから手紙を取り、ライラの手をそっと両手で――半月前よりも、少し肉が付いたように感じられる手で包み込んだ。

「この結果が生まれたのは、君のご両親や従業員たちがこれまで真面目に仕事に取り組んできたからだよ。伯母上は、キルッカ商会や職人たちの才能を表に引っ張り出しただけ。それに、これからどうなるかはそれこそ、商会の腕前次第だからね」

最後の一言は脅しのようにも取られるが、それを言うユリウスは微笑《ほほえ》んでいる。「腕前次第だから、落ちぶれるかもしれない」ではなく、「腕前次第だけれど、キルッカ商会なら大丈夫」と言ってくれているのだ。

（……ユリウス様の言葉は、私に力をくれる）

ユリウスの大きな手で体まで包まれたような気持ちになり、ライラはくすぐったくて少し身をよじらせてしまった。

「……そうですよね。でも、皆なら大丈夫だと思います」

「うん、君がそうしてきりっと前を向いていれば、ご両親も安心して仕事に従事できるだろう。僕も、未来の義父母にいい報告ができるし」

「っ……そ、そうですね」

未来の義父母、と言われて、そういえば自分たちはいずれ結婚するのだったと今さら自覚する。

今はあくまでも婚約者なので、ユリウスとのスキンシップも、こうして手を繋いだり夜に一緒に寝たりするくらいだ。

だが結婚すれば――

ぽっ、とライラの頬が赤く染まり、ユリウスは不思議そうに首を傾《かし》げた。

「……顔が赤いね。何か変なものでも食べた？」

「い、いえ！　なんでも……あ、そうだ！　お菓子、お菓子を焼いたので、食べましょう！」

「ああ、そうだね。今日のお菓子は何かな？」

ユリウスもすぐに菓子へ関心を向けてくれたので、ほっとする。どうも彼は甘いもの好きの肉好きらしく、ライラと寝ることで不眠を克服した彼はもりもり食べるようになり、ヴェルネリを喜ばせていた。

……ただ、油断すると必要以上の糖分を摂《と》ろうとケーキを大きめに切り分けるので、彼の健康管理係としてライラも用心していた。

「今日は、タルトを作りました。生地は昨日の晩から寝かせていたのですよ」

「タルトか……いいね。何味かな」

「ふふふっ……じゃーん！」

ユリウスにソファを勧め、ずっと出番を待っていたトレイの上の覆いを外す。

ガラスの皿に載っているタルトは、合計四つ。それぞれのサイズはインク瓶くらいで、タルト生地の中央に注がれたジャムの色が四色で違った。

「いろんな味を少しずつ楽しめたら、ということで、四つの味を準備しました！」

四種類のジャムを作るのは大変だったが、それさえ作ったらあとは普通にタルトを焼けばいい。

一つは、イチゴジャム。煮詰める際、わざと果肉を潰しきらなかったのでイチゴの果肉がころころと残っている。その横にあるベリージャムも同じで、つぶつぶの食感を楽しむことができる。

もう一つはカスタード入りで、最後の一つは夕焼け空色のジャムが入っている。

どれも甘い匂いがしており、ユリウスは目を輝かせて四つのタルトを順に見つめている。

「とてもおいしそうだ……それに、見た目もきれいだね」

「料理は見た目も大事ですからね。……どれも小さめなので、ユリウス様が全て召し上がっていただいて大丈夫です。ね、ヴェルネリ？」

振り返って問うと、茶の仕度をしていたヴェルネリがむっつりと頷《うなず》いた。

屋敷で暮らす四人の三食を司《つかさど》る者として、彼はライラの菓子でユリウスが糖分過多にならないように気を配っている。このタルトも、ヴェルネリのチェック済みだ。

……そして実はこのタルトには、ヴェルネリやヘルカと一緒に計画した、ある「工夫」もされているのだが――

「お茶をどうぞ、ユリウス様」

「ありがとう。……さあ、ライラも一緒に食べよう」

「ありがとうございます。ではご相伴に与《あずか》ります」

一応全てユリウス用に作ったのだが、彼は一人で食べるより誰かと一緒に味わう方が好きらしく、こうしてライラを隣に誘うことが多い。

ドレスのスカートを払って腰を下ろしたライラとユリウスの間の距離は、拳一つ分ほど。

遠すぎず近すぎず、一緒に茶を飲むには最適な距離は、ライラにとっても心地よかった。

ヘルカが差し出したナイフで、それぞれのタルトを二つに切る。こうして菓子を切り分けてユリウスに差し出すのも、ライラの仕事になっていた。

「どうぞ」

「ありがとう。……さて、どれから食べるかな」

「どれでもいいですよ」

ライラがにっこり笑うとユリウスも微笑みを返し、まず一番色の鮮やかなイチゴのタルトにフォークを刺した。

一口サイズのタルトをあっという間に食べたユリウスは「甘酸っぱくておいしい」と頬を緩め、カスタード、ベリー、と次々に平らげていく。

そして、最後。

夕焼け空色のジャム入りのタルトを食べる際、ユリウスはフォークに刺したそれをしげしげと見つめていたが、すぐに口に入れた。

「んっ……これは、リンゴ？」

「ふふっ……半分正解ですね。おいしいですか？」

「うん、おいしいよ」

そう言うユリウスの背後では、ヴェルネリがうんうん頷き、ヘルカがにっこり笑っている。

「……実はですね。今召し上がったタルトのジャムは、リンゴだけじゃなくてニンジンも入っていたのです」

「……。……え、嘘《うそ》」

ネタばらしされたユリウスは呆然《ぼうぜん》としており、ライラの皿に残っているタルトの片割れをさっと見やった。

ユリウスは甘味と肉が好きな半面、野菜全般が苦手だ。

彼も自分の野菜嫌いを克服しようとしているようだが、なかなかうまくいかない。料理に紛れ込ませても、独特の臭いで一気に食欲が落ちてしまうそうだ。

そのため、ヴェルネリが先日むっつりとした顔で、「何かいい案はありませんか」とライラに相談してきたのだ。あのヴェルネリに相談されたライラが、張り切らないわけがない。早速ライラは菓子の中に野菜も混ぜることを提案し、このリンゴとニンジンのジャムを作ったのだ。

ユリウスは今食べたばかりのタルトの味を反芻《はんすう》するように口元を手で覆った後、ライラをちらっと見た。

「……すまないけれど、君の分も食べていいかな?」

「ええ、ええ、もちろんです」

ユリウスはライラ用にしていた例のタルトを取り、今度はじっくり味わうように少しずつ食べた。

彼の眉間には皺《しわ》が寄っており、舌の上に広がる味を丹念に読み取ろうとしているようだ。

「……言われてみればあの味もしなくもないけれど……全然臭みがないし、甘い。これ本当に、ニンジンが入っているのか？」

「半分くらいはニンジンの色です」

色を誤魔化すためにリンゴの皮も入れたのだが、リンゴだけだとこれほど鮮やかな色は出ない。ニンジン特有の臭いを消すために色々工夫したのだが、成功だったたようだ。

ユリウスは最後の欠片《かけら》を食べた後、ふっと笑った。

「……これは参ったな。知らないうちに、苦手なニンジンを食べていたなんて」

「野菜嫌い、克服できそうですか？」

「う、うーん……どうだろう。さすがにニンジンを丸のままは無理だろうけど、こうして何かに入れたものなら食べられそうだ」

ユリウスの背後では、ヴェルネリが目を見開いて主君の後頭部を見つめている。

きっと彼の頭の中では、いかにしてユリウスに野菜を食べさせようか、凄まじい速度で作戦が練られているのだろう。ライラのジャムという成功例を生かし、ヴェルネリの料理創作意欲にも火が点《つ》いたようで何よりだ。

ユリウスに促されてライラも残ったタルトを食べていると、ユリウスはヴェルネリが淹《い》れた茶を啜《すす》って嘆息を漏らした。

「……健康のためには、嫌いなものでも食べないといけないとは分かっているんだけどね。どうも、野菜は苦手なんだ」

「味や臭いが独特ですものね」

「それもあるし……野菜にはあんまりいい思い出がないんだ」

「……そうなのですか？」

「うん。国境戦でレンディア軍に保護されるまで……僕、肉は滅多に食べられなくて、木の根っこみたいなものや朽ちた葉っぱみたいなものぐらいしか食べられなかったんだ」

　ユリウスの言葉に、和やかな雰囲気になっていたリビングに冷えた空気が流れる。口元をナプキンで拭いていたライラはその格好のまま停止し、ユリウスの横顔をそっと横目で見た。

（……それって、つまり）

　ユリウスはただ単に戦災で家族を亡くしたのではなく、もっとひどい境遇の中で生きていたということか。

「……もちろん、ヴェルネリが作ってくれる料理に入っているのはきちんとした野菜だし、食べれば栄養になるのも分かっている。僕も、一応努力はしているし……それにもう、十五年以上前のことだからね。いつまでも昔のことを理由にするな、っていうのが当然だ」

「……」

「あ、ごめん。暗い話になっちゃった」

「……いえ。その、何と言えばいいのか分からないのですが……」

　ライラは逡巡《しゅんじゅん》した後、体を捻《ひね》ってユリウスと向きあった。

半月前よりも少しだけ健康そうな顔つきになってきた婚約者が、少し困ったような目でライラを見ている。

「……私、ユリウス様のことをほとんど知らないので。そういうことを教えていただけてよかったと思っています」

「……」

「あの、もちろん、ご幼少の頃に大変な思いをされたのがよいこと、というわけではなくて……」

「……ふふ、大丈夫。分かっているよ」

戸惑うように揺れていたヘーゼルの目が優しげに細められ、ユリウスの左手がライラの肩口で揺れる髪に触れてきた。

ほとんど癖のないダークブロンドがユリウスの指に絡められ、その感触を楽しむように指先ですり合わせられているのが目の端に映る。

「僕の幼少期は、とてもじゃないけど楽しいものじゃなかった。でも……養父に引き取られてからは人の温かさを知り、世の中にはおいしいものがあるのだと分かり、魔法の訓練をする楽しさを経験した。もちろん、魔力過多で悩むこともあるし、養父が病死した際には生きるのも辛《つら》くなるくらい悲しかった。頑張って表舞台に出ても、『亡霊魔道士』なんて呼ばれるしね」

「……」

「でも僕は今、幸せなんだ」

幸せ。

ユリウスは今、幸せ。

「伯母上たちは厄介な体質持ちの僕のことを気遣ってくれて、ヴェルネリとヘルカが僕の面倒を見てくれる。それに……素敵な婚約者が側《そば》にいてくれる」

髪を弄んでいたユリウスの指先が滑り、ライラの頬に遠慮がちに触れる。

長くて細い指がライラの頬骨のラインを辿《たど》り、あごの下の柔らかい肉の感触を楽しむように小指が添えられ、きゅうっとライラの胸の奥が甘く苦しくなった。

「だから、僕は強くなれるし、色々なことを頑張ろうと思える。……皆がいてくれたらいつかきっと、ニンジンをそのままぼりぼり食べられるようになるだろうし？」

少し茶目っ気を含めて言われて、ライラはぷっと噴き出してしまった。

「そ、それは是非見てみたいですね。レタスもトマトも、全部もりもり食べちゃいます？」

「何年掛かるか分からないけど、努力するよ。……それまで、君は側で僕を見ていてくれる？」

小首を傾げて問われたので、ライラはふふっと笑って手を伸ばした。

ユリウスがしてくれるように彼の頬に触れ、以前より少しは肉の付いたそこを優しく撫《な》でる。

「それまで、じゃないでしょう？」

「……。……うん、そうだね」

柔らかく微笑んだユリウスが、ライラの頬を触れていた手をすうっと下に滑らせ、肩を抱き寄せた。何かを促すように軽く引かれたので、その力に抗《あらが》うことなくライラは体を倒し、ユリウスの肩にそっと身を預ける。

夜、後ろから抱きしめられて寝ている。日中、魔力過多にならないよう手を握って放出させることもしている。

それらに比べれば、肩に寄り掛かるくらいなんともないスキンシップだが、抱きしめられる時と同じくらいライラの胸はどきどきしているし――身を預けたユリウスの胸元からも同じくらい速い鼓動が感じられ、笑みをこぼしてしまった。

いつの間にかヴェルネリとヘルカは姿を消していたのだがそんなことには気付かず、二人は寄り添い、暖かな昼下がりの時間を楽しんでいた。

＊＊＊

「ライラ様。未来の女主人として、あなたに頼みたいことがございます」

ある日、自室で本を読んでいたライラのもとにヴェルネリがやって来た。

「未来の女主人」と言われてライラがどきっとする傍ら、ドアの前に立つヴェルネリは心なしか嬉《うれ》しそうに見える。

本日ヘルカは魔道研究所での仕事のため、屋敷を離れている。夜には帰ってくるそうだが彼女がいない間に散歩をしたり菓子を作ったりするのはよろしくないので、ライラは自室で大人しく時間を潰していたところだった。

（あれ？　ヴェルネリ、夏物の衣類の整理をするって言ってなかったっけ？）

もうじき寒い時季になるので、真夏用の服は片づけて冬用の衣服の準備をしなければならない。衣替えの準備をするので忙しいはずなのだが。

「……何かあったの？」

「ええ、ありました。とてもありましたとも」

ヴェルネリは、嬉しそうだ。この屋敷での生活も一ヶ月ほど経ったので、ライラもヴェルネリの感情の起伏が少しずつ理解できるようになっていた。

「私は先ほど、夏物の衣類を片づけて冬物を出していたのですが……嬉しい誤算がありました」

「嬉しい誤算？」

「……先ほどユリウス様のサイズを測らせてもらったのですが、どうも去年までの衣服ではきつくなりそうなのです」

ヴェルネリの言葉の意図を考えるのに数秒要した後、はっとしてライラは立ち上がった。

「つ、つまり、ユリウス様の体型が変わったということ？」

「はい。これまでは腰回りや胸回りもかなり絞り、スラックスも極細のものを特注させていたのですが……このままでは！　去年の冬用のものが、きつくなりそうなのです！」

「なんてこと！」

ヴェルネリは、大喜びである。それはライラも同じで、思わず手を叩《たた》いてしまった。

簡単に言うと、ユリウスの体重が増えた。それはつまり、「亡霊」と呼ばれるほどがりがりに痩せていた彼が標準体重に一歩近づいたということだ。

「これまではライラ様の方が体重がありそうなくらいだったのですが、この調子でいけばいずれ、標準的な体格に近づくはずです！」

「地味に失礼なことを言っていない？」

「真実を申したのみです。……そういうことで、ユリウス様の新しい冬物を仕立てるのですが、今年はライラ様がいらっしゃるので是非、女主人になる練習をしていただければと思っております」

むっとしていたライラは、ヴェルネリの言葉で冷静になる。

バルトシェク家は貴族ではないが魔道の名家である。この屋敷も別邸で小振りだがユリウスと結婚するとなるとライラは女主人になるため、妻として夫のために動く必要がある。

その仕事の一つが、夫用の衣服の仕立てである。服飾店がなかった昔は妻が夫の衣類を手縫いで作っていたそうだが、さすがに今は仕立屋を呼んで作らせればいい。

だがレンディア王国において、仕立屋と打ち合わせをしてどのような衣服を作らせるかの注文をするのは今でも、女主人の役目だった。もちろん、メイドが担う場合もあるが、「私は夫にふさわしい服を仕立てさせる才能があるのです」というアピールにもなるとか。

（正直、あまり服飾には詳しくないけど……）

「……分かった。やるわ」

「それは光栄です。ちょうど、今日の午後から仕立屋を呼んでおりますので、商談の場に同席していただけたらと思います」

　となると、ヘルカは側にいないということだ。

（でも、ユリウス様に関することだからヴェルネリも余計なことは言わないだろうし……協力してくれるよね）

「分かった。よろしくお願いします、ヴェルネリ」

「……ライラ様の服飾センス、楽しみにしております」

　ふふっと笑うヴェルネリに、ライラも不敵な笑みを返してやった。


　改めて分かったのだが、これまでユリウスが着ていた服は本当に細い。どれくらい細いかというと、彼のスラックスにライラの太ももが通りそうにないくらいだ。

　午後に応接間にやってきた仕立屋はユリウスが十代の頃から世話になっているようで、彼の体型も熟知している。

　そんな彼はヴェルネリが今日測ったユリウスのサイズを知ると、目を丸くして驚いていた。

「なんと……随分肉が付かれたのですね。これまではかつてないほどサイズを詰めていたのですが、今ならやや細身くらいで十分対処できそうです」

「それを聞けて安心しました」

「ユリウスの婚約者」と自己紹介したライラが上品を心がけて微笑むと、仕立屋は丸眼鏡を押し上げてライラを見て、にっこり笑った。

「私はユリウス様のお召し物をかれこれ八年近く仕立てておりますが……さては、あなたと婚約されたことがきっかけなのでしょうね」

仕立屋は、ユリウスが病弱だった理由を知らない。だが彼の予想はかなり的を射ており、ライラは頷いた。

「はい。最近のユリウス様は食事もよく召し上がり、夜も十分な睡眠を取られております。肌の調子もよくなったようで、私も嬉しく思っております」

「ええ、ええ、そうでしょうとも。恋は人を強くすると言いますが、まさにその通りですな」

（いや、ちょっと違うけれど……まあ、いいか）

好意的に解釈してくれたので、余計なことは言わずに頷いておいた。

そうして早速、ユリウスの冬物衣類についての相談が始まった。

「ユリウス様は黒や灰色を好まれています。私としても、ご本人の意向になるべく沿いたいと思っているのですが、他の色の礼服をもう少し持っていてもよいのではと考えております」

「確かに……」

事前にヴェルネリにクローゼットを見せてもらったが、ものの見事に白黒灰色で染まっていた。それも、数少ない白は礼服のみで、私服はどれも暗い色合いだった。

（魔道研究所のローブも落ち着いた色合いのものが多いし、ユリウス様ご本人も派手な色は嫌いそうだな……）

普段のユリウスの立ち姿を頭の中に思い描きながら、ライラは仕立屋が見せてくれた色見本のカードを繰っていく。

「基本は、去年までの冬物と同じデザインのサイズ違いを作ってください。でも一着くらいは、別の色合いのものがほしいですよね」

「そうですね……これから先、ユリウス様があちこちの社交界に出向くようになられるのなら、白黒以外の礼服があった方がよろしいでしょう」

ライラは頷き、いくつかの色見本カードを広げた。

「ユリウス様の御髪《おぐし》は明るい麦穂色なので、赤系統の方が合いそうです。このあたりの色はいかがでしょうか」

そう言うと、背後でヴェルネリが小さく唸《うな》る声が聞こえた。

（えっと、この唸り方は……悪い意味じゃないはず）

口も出してこないので、おそらくライラの選択はヴェルネリにとってもそれなりに満足のいくものだったのだろう。

仕立屋もライラが広げた色見本をじっくり見て、ふむと頷いた。

「ワインレッドですね。ユリウス様はどちらかというと落ち着いた雰囲気の方なので、これくらい暗めの方がよろしいでしょう」

「ええ。でもこれだけだと暗すぎるから、差し色を入れてみたいです」

ライラの服飾センスは並程度だ。だが、「どの色とどの色が似合うか」「この室内にはどんな調度品が合っているか」という感覚は、商会で手伝いをしていて自然と身についていた。

(今回は調度品じゃなくて礼服だけど、うまく生かせたら……)

「クラヴァットを白か灰色、ボタンを金にするのはどうでしょうか。ベストをもう少し暗めの赤色にして……ヴェルネリは、どう思う？」

それまでずっと黙っていたヴェルネリに振ってみると、彼はライラの手元のカードをちらっと見た後、なぜかライラの顔をじっくり見てきた。

(……何？)

「……おおかたは、今ライラ様がおっしゃったものでいいでしょう。その他、ジャケットの裾に生地より少し明るい色の糸で刺繍《ししゅう》を入れると、明るい場所でのみ刺繍の色が際立つようになります」

「なるほど……」

「あとは……そうですね。一箇所だけ、紫を入れるのはいかがでしょうか」

「紫？」

ライラは聞き返す。確かに、ワインレッドと紫なら両方赤系統に近いので、色合いでそれほど喧嘩《けんか》することはないだろう。

向かいの席で仕立屋が何かに気付いたようににっこりしているが、ライラにはヴェルネリの発言の意図が分からなくて迷いつつ色見本カードを繰った。

「紫、紫……これくらい？」

「いえ、こちらがよろしいでしょう」

そう言ってヴェルネリが選んだのは、ライラが予想していた葡萄色《ぶどういろ》よりも明るい、木立瑠璃草色《ヘリオトロープ》だ。

（うーん……ワインレッドに合わせるにはちょっと明るすぎるくらいだけど、ヴェルネリが言うのならそれでいいのかな）

「分かったわ。それじゃあこれは……クラヴァットの留め金はどうでしょうか。あと、ユリウス様は御髪が長いので、リボンの色にするとか」

「ああ、それはいいですね。……かしこまりました」

そうして仕立屋はライラとヴェルネリの意見を取り入れ、色鉛筆を使ってざっくりとした礼服のデザインを描いてくれた。

それでも十分だが、「もう少しウエストを絞った方がスタイルのよさが際立つ」「ベストのボタンの数は、少なめがいい」という追加意見をいくつか加えると、三人とも納得のいくデザインに仕上がった。

「では、こちらで仕立てさせていただきます。その他ご注文いただいた品を含め、一ヶ月ほどお時間をいただけたら」

「ええ、よろしくお願いします」

仕立屋はこの後ヴェルネリが見送るそうなので、ライラは挨拶をして部屋を出た。

そして自分の部屋に戻ってドアを閉め、ふーっと大きな息をつく。

(よ、よかった。なんとか切り抜けられた……!)

少し見栄《みえ》を張って、訳知り顔でデザインの提案をしたり色見本カードを使ってみたりしたが、本当のところかなり緊張していた。

(でも、仕立屋さんもヴェルネリも納得がいったみたいだし……よかった)

先ほど仕立屋がデザインしてくれた最終案を、頭の中でユリウスに着せてみる。

確かに最近の彼は、以前より肉付きがよくなった気がする。それでも細身だし脚が長いので、ワインレッドのすらりとした礼服が彼の魅力を存分に引き立ててくれるだろう。

(あれを着たユリウス様と一緒にどこかに行く機会とか、あるのかな……?)

完成は一ヶ月後とのことだから、その頃にはユリウスも色々な夜会に出向くようになっているかもしれない。先日も、ユリウスはどこかの貴族の招待に参加の返事をしたと言っていた。

(どうしよう、絶対に格好いい!)

十分な量の食事と睡眠は彼が元来持っている美しさを目覚めさせているのだと、ヘルカが言っていた。そんな彼の隣に立つ機会があるのなら、ライラだってきちんとしなければ。

色々考えていたライラは、知らなかった。

仕立屋がなかなか出て行かない上、こそこそと三階から下りてきたユリウスが応接間に入っていったことを。

＊＊＊

夜になるとヘルカが戻ってきて、食事の後で入浴の時間になった。

（いやー……それにしても、魔法って便利だなぁ）

風呂に入るたびに、ライラはいつでもほかほかの湯が満たされた浴槽に感心してしまう。

これはライラ用の浴槽で、いつもヘルカが最適な温度の湯を準備してくれている。水さえ入れれば、後は魔法を使えば一瞬で温められるのだ。

（……あれ？　そういえば私、ヘルカやヴェルネリの魔法はよく見るけれど、ユリウス様が魔法を使うところはあまり見ないな）

大魔道士ということだから、ヴェルネリたちよりずっと高度な魔法を使えるのだろう。最近彼はヴェルネリを伴って外出することが多く、近くの町で困りごとがあったら魔法で助けに行くそうなのだ。

だがライラがユリウスの魔法らしいものを知ったのは、初めての夜に寝付く際に眠りの魔法を掛けてもらった時くらいだ。

（一度魔法を見てみたいけど……無理は言えないよね）

そう思いながら服を脱いだライラは、ふと、鏡に映る自分の姿を見てみる。

中肉中背。身長は、ユリウスの前に立つと彼のあごの下にすっぽり入るくらい。

残念ながら胸はそれほど大きくなく、腰がものすごくくびれているわけでもない。ただ母曰《いわ》く、母方の女性に多いように尻は大きめらしい。

（うーん……もうちょっと、痩せるべきかな？）

そう思ってタオルの準備をしていたヘルカに相談したところ、彼女はさっと振り返って目尻を吊《つ》り上げた。

「……まさか、あの無礼者に何か言われたのですか？」

「ぶれ……い、いやいや、ヴェルネリは何も言っていないわよ。ただ、ユリウス様の隣に立つことを考えると、もうちょっと痩せた方がバランスが取れるかと思って」

「そのようなバランス、考える必要はありません」

いつもならもう少しやんわりとライラの言葉に応えるヘルカだが、今回は語気が強めだ。

ライラが目を丸くしていると、ヘルカははっとしたように息を呑《の》んだ後、タオルを持った手でそっとライラの背を押してきた。

「ライラ様は今のままで十分魅力的です。さ、お湯に浸《つ》かってきてください」

「……」

「あら、それともわたくしがお背中を流しましょうか?」

「自分で入ります!」

（そ、そういえば最初の頃、ヘルカは私の体を洗うって言って聞かなかったっけ……）

ヘルカは「名家の夫人なら、こういうものです」と主張し、ライラは「恥ずかしいので結構です」と遠慮し、最後にはライラが勝って今に至るのだ。

だがライラが今回のように風呂に入るのをぐずっていると脅し文句として使ってくるので、慌てて浴室に行くしかない。

（魅力的……うーん……そうかな……）

腹の肉を摘《つま》みつつ、ライラはため息をついたのだった。


ライラが浴室で湯を流し始めた音を確認し、ヘルカはさっと身を翻して廊下に出た。探さずとも、目当ての人物は折しも前の廊下を通ったところだった。

「ヴェルネリ、ちょうどいいところにいたわ」

「……何だ。今は、ライラ様が湯浴《ゆあ》み中ではないのか」

「あなたに依頼よ。ユリウス様がライラ様のお体についてどのように思ってらっしゃるのか、聞いてきなさい」

「は？」

同じくこれから湯浴みをするユリウスのためにタオルを抱えていたヴェルネリは、同僚の言葉に瞠目《どうもく》する。

「……わ、私にそのような破廉恥なことを聞けというのか!?」

「あ、そう。それじゃあ恥ずかしがり屋なヴェルネリの代わりに、わたくしが聞いてくるけど、いい？」

「私が行く。おまえはライラ様のお側にいろ」

「ええ、よろしく」

チッという舌打ちを背中に、ヘルカは軽い足取りで浴室前に戻る。

「……これで少しは、ライラ様のご心配が解消されれば」

ヘルカの呟《つぶや》きは、ライラが湯を流す音にかき消された。

ヘルカを伴い、ユリウスの寝室に向かう。

たいていそこにはユリウスしかいないので、付き添いのヘルカにもここでおやすみを言って、ライラは一人で寝室に入る。

「お待たせしました、ユリウス様」

「うん、どうぞ」

明かりがほのかに灯《とも》るユリウスの寝室は、もはやライラにとっての寝室でもある。

ここに来て一ヶ月経つが、ライラが自分の部屋のベッドを使ったのは二日ほど。月のものが来てどうしても腹の調子が悪く、就寝中にユリウスに迷惑を掛けると思った時のみだ。

その日は寝る前にぎゅっと抱きあって魔力を吸収し、朝になったらすぐにまた抱きあうことで魔力過多にはならずに済んだ。

女性の体に疎いユリウスだがライラの体調を気遣ってくれて、「体が辛い時は無理しなくていいよ」と言い、ヴェルネリもそれに従ってくれるのでありがたかった。

毎日ヴェルネリが整えているベッドは皺一つなく、そこにユリウスと並んで腰掛ける。寄り添うことで、ライラが使っているものとは違う石けんや洗髪料の匂いがするのだが、ライラはこの匂いが好きでいつもついくんくん嗅いでしまう。

（……そういえば最近、ユリウス様の髪の艶もよさそうだな）

夜会で出会った時も髪は整えているし清潔感はあったが、どうにもへたっているようだった。だが今は食事と睡眠を取ることで彼の麦穂色の髪に艶が出ていて、触り心地もよさそうだ。

日中とは違い髪を結ばず背中に垂らしているユリウスの横顔は、やはり肉付きがよくなっている。

目元はまだくぼんでいるが、これはもうどうにもならないようだ。むしろ、これくらいならかえって切れ長の目を涼やかに見せてくれるだろう。

「……それじゃあ、そろそろ寝ようか」

「はい」

ユリウスに手を引かれて、ベッドに横になる。ここで上掛けを引っ張るのはユリウスの仕事になっていた。

ユリウスが明かりを消すと、ライラは彼に背を向けた。いつもこの後で、ユリウスが同じ方向を向いて横になりライラの体に腕を回すのだ。

「……ライラ」

今晩も、ユリウスの左腕がライラの腰に回って抱き寄せられる。

だが。

（……な、なんだろう。お腹《なか》、触られている？）

ユリウスの左手が、ネグリジェ越しにライラの腹を撫でているような気がするのだ。

その手つきは決して嫌らしいものではないが、何かを確かめるような動きはすごく気になる。

「……あのー？　どうかなさいましたか？」

「……ライラは、柔らかくて、とっても抱き心地がいいね」

「ひっ!?」

しっとりとした声と共に湿った吐息が首筋に触れて、びくっとしてしまう。この体勢を考えれば、彼が喋《しゃべ》ることでライラの首に息が掛かるのは仕方のないことだが。

「僕とは全然違う、小さくて柔らかい体。……とてもいい匂いがして、君を抱きしめていると幸せな気持ちになれるんだ」

「さ、さようですか……？」

「うん。僕は、今のままの君がいいよ」

全身に緊張をみなぎらせていたライラは、ユリウスの言葉にふっと肩の力を抜いた。

（……ああ。さてはヘルカが、手を回してくれたんだな）

風呂に入っている間、一瞬ヘルカがどこかに行った気配がしていた。何か物でも取りに行ったのかと思っていたが、その時にヴェルネリを捕まえたのかもしれない。

ライラはしばし黙った後、腹のあたりに触れるユリウスの手にそっと自分の左手を重ねた。

「あ、あの……私、太ってないですか？」

「意地悪な質問だね。男が女性に対して、太っているなんて言えるわけないだろう？」

「それはそうですが……」

「さっきも言ったけど、僕は君のこの柔らかさが好きなんだ。それに、痩せているとか太っているとか、そんなことを考えたことはない。ただ――」

――女の人なんだな、って思うだけだよ。

わざとなのか偶然なのか、耳元で囁《ささや》かれた言葉に今度こそ大きく体が跳ねた。その拍子にユリウスの左手が外れ、ライラの胸元を掠《かす》める。

（ひっ……！　ひえぇぇぇぇぇ!?）

思わずさっと両腕で自分の体を抱えて丸くなると、背後でくすくすと楽しそうに笑う声が聞こえてきた。

「ライラ……可愛《かわい》いね」

「んっ!?」

「暗いから見えないけど……ほら、耳がこんなに熱いから、きっと今頃、真っ赤になっているんだろうね」

（言いながら耳を触らないでー！）

実際にライラの左耳の縁に触れながら言うものだから、聴覚も触覚も刺激されて、正直ものすごく辛い。

「そういうことだから、これからは太っているか、なんて質問しないでね。どう言えばいいのだろうかと、僕も困ってしまうから、ね？」

「うっ……分かり、ました……」

「いい子」

最後につうっと耳の裏のラインを撫でてからようやく、ユリウスの指が離れてくれた。

あのまま触れ続けられると、恥ずかしさのあまりライラの耳が千切れていたかもしれない。

（ユ、ユリウス様って、こんなに積極的だったんだ……）

最初の頃はどちらかというと寡黙な印象があったので、そのギャップが凄まじい。

「も、もう寝ましょう！　明日も外出なさるのでしょう!?」

「ん、そうそう。魔力のコントロールに困っている子どもがいるらしくてね……その子の様子を見に行くんだ」

ユリウスは間延びした声で言うと、もう一度ライラの腰を抱き寄せた。今度はいたずらな手が腹をさすったりせず、ライラの温《ぬく》もりを享受するように腕に力を込められる。

（……ユリウス様）

背後で他人が呼吸する音を聞きながら、ライラは目を閉じる。

そうすると寝付きのいいライラは、すぐに心地よいまどろみに落ちていくのだった。

4章 ♦ あなただけの魔道士

ライラが服の仕立てを注文した、約十日後。

ライラとユリウスはテーブルを挟んで座り、そこに置かれた一通の手紙をじっと見ていた。

手紙の差出人はユリウスの従姉《いとこ》で、イザベラ・バルトシェクの長女にあたる女性。

「……パーティーに、行こうと思う」

ユリウスの言葉に、ライラは固唾を呑《の》んで頷《うなず》く。

差出人であるアンニーナ・ヒルヴィは、二年ほど前に伯爵家に嫁入りしている。そんな彼女は最近妊娠が判明したらしく、お祝いのためにバルトシェク家に戻って身内でささやかなパーティーをすることになったそうだ。

参加者はバルトシェク家の関係者くらいで、集まったとしても二十人程度。是非、ユリウスにも来てほしいとのことだった。

「アンニーナは僕より一つ年上だけれど、子どもの頃は一緒に魔法の訓練もした仲だ。結婚してからもまめに手紙をくれていたし、せっかくの祝いの場なのだから、今回は贈り物と手紙だけで済ませず、参加したい」

「……はい」

「おそらく会は夜には終わるだろうけど、距離を考えるとどうしても一泊することになるし、僕の魔力がいつまで落ち着くか分からない。それに……婚約者である君を、皆に紹介したい。代筆とか誰かの言伝《ことづて》とかじゃなくて、僕の口から君のことを紹介したいんだ」

ユリウスの言葉からは、固い決意が感じられる。

婚約者と一緒に実家のパーティーに参加するというのは、普通の貴族なら当たり前のようにしていることだ。だが、魔力過多になりやすく体も弱いユリウスにとっては、かなりの挑戦になる。

（前回の夜会では、私に会わなければ魔力過多になっていたみたいだし……）

だが、ライラが側《そば》にいれば彼は魔力を溜《た》め込んだり、発散のために席を外したりしなくて済む。

そうすれば子どもの頃から懇意にしている従姉の懐妊を祝うだけでなく、ライラを紹介することもできるのだ。

ライラはアンニーナからの手紙をちらっと見てから、顔を上げて頷いた。

「はい、もちろんです。お供させてください」

「ありがとう。……身内だけの会になるから、君もそこまで気を張らなくていいよ」

「えっ……ま、まあ、それはそうですが……」

ユリウスにとっては身内でも、一平民のライラにとっては名門バルトシェク家の皆様だ。

一族の者はもちろん、アンニーナの嫁ぎ先や他の縁者も皆例に漏れず優秀な魔道士らしく、魔力の欠片《かけら》もないライラがいればまさに異物混入状態ではないか。

ライラの不安を察したのか、ユリウスは目を細めて肩をすくめた。

「魔力のことなら、気にしなくていい。皆もライラのことは分かっているし、悪《あ》し様《ざま》に言う人はいないよ。というか、そんな人がいるようなら、伯母上が黙っていないし」

「そう……ですか」

イザベラは、くしゃみをしただけで山が吹っ飛ぶという噂《うわさ》もあるくらいの大魔道士だ。

そんな彼女に可愛《かわい》がられているというユリウスや、ユリウスの婚約者であり提携先として認められたキルッカ商会の娘であるライラに、真っ向から嫌味を吐くような命知らずはいないようだ。

ライラも納得したので、ユリウスはほっと頬を緩めた。

「それじゃあ、僕もライラも出席ということで返事を書いておくね。……ああ、そうだ。ライラが着飾るのを見るのは、これでやっと二回目になるね」

「え？……あ、そっか。初対面の時以来ですね」

あの時のライラが着ていたドレスは、両親が準備してくれたものだ。せっかくなのでそれも持ってきてクローゼットにしまっているのだが、ユリウスの婚約者として参加するのならやはり、彼に贈られた品を纏《まと》うべきだろう。

ユリウスは頷き、ふわりと微笑《ほほえ》んだ。

「……ライラが着飾った姿、楽しみだな。きっととてもきれいだよ」

「あ、ありがとうございます。ご期待に添えるよう、私も努力します……」

「うん、楽しみにしているよ。僕も君の隣に立って恥ずかしくないように心がけるね」

ユリウスは張り切って言うが、どう考えてもライラの方が努力をする必要がありそうなので、ライラは曖昧に笑うだけだった。

＊＊＊

バルトシェク家は名家だが、市民階級である。バルトシェク家の多くの者たちが魔道研究所で働いていたりするのは、彼らが労働者であるからだ。支配者層である貴族のように領地を持っているわけでもなく、もし戦争などが起これば魔道軍の戦闘員として戦地に赴くことになる。

だがそこらの貴族では足下に及ばないほど多くの勲章を持ち資産も豊富にあるため、王都にも複数の邸宅を持っており、高位貴族たちの邸宅の並ぶ一等地に本邸を構えている。面積だけでも相当なもので、門をくぐってから屋敷の入り口に着くまででも馬車を必要とするくらいだ。

しかもその先にそびえる屋敷は、平民のライラからすると城かと思うほど大きい。ユリウスの別邸がいかに小振りで慎《つつ》ましいのか、これでもかというほど思い知らされた気分だ。

「緊張している？」

「……かなり」

ユリウスと揃《そろ》って馬車を降りたライラが正直に答えると、ふふっと笑う声が降ってきた。

今日のユリウスは白い礼服を着ている——が、ジャケットはまだしも脚周りはかなりきつくなっていたので、急いで仕立屋に頼んでスラックスだけ早めに完成してもらった。

艶の出てきた髪を首筋で結わえている様も衣装も、二ヶ月ほど前の初めて出会った夜とほとんど同じだ。だが、そんな格好をするユリウスはかなり変化している。

（間違いなく、格好よくなっている……）

ヴェルネリによる栄養バランスの取れた食事とライラの作る菓子、そして夜の十分な睡眠により、隈《くま》は完全に消えたし頬にも肉が付いた。以前は骨と血管が浮き出て見えた手には、多少なりと厚みがある。

そしてライラは知らないが本人曰《いわ》く、「肋骨《ろっこつ》の浮き出具合が分かりにくくなった」とのことなので、腹周りもスマートな男性といった程度にまで回復したようだ。

そんな彼の隣に立っても恥ずかしくないよう、ライラは朝からヘルカを巻き込んで髪や肌の手入れ、化粧に心血を注いだ。

髪はピンを使って結い上げ、生花そっくりの造花を飾って短さを誤魔化す。また婚約前はほとんど使うことのなかった白粉《おしろい》やチークなどを駆使し、肌の白さと血色のよさをアピールする。

衣装はユリウスから贈られたドレス（デザインしたのはヘルカだが）の中から、薄いブルーのものを選んだ。

上半身は胸元や袖口に細かいレースが付いているだけとシンプルだが、その分オーバースカートにはたっぷりの布を使ってアシンメトリーのドレープを作っている。ドレープの隙間からは下の白いスカートが覗《のぞ》いており、空にぽつんと雲が浮かぶ秋の晴れた蒼穹《そうきゅう》を描いているかのようだ。

ドレスを着ておずおずとリビングに現れたライラを見ると、ユリウスははっと息を呑んで、「とても、きれいだ」と感慨深そうに言ってくれた。もうそれだけでライラは舞い上がってしまい、ヴェルネリに「落ち着きがないです」と叱られてしまった。

いずれバルトシェク家の一員になる者として、ライラののど元を飾るペンダントトップの石には、バルトシェク家の家紋が彫られている。

燃え上がる炎のような紋章入りのこのペンダントは、リビングでユリウスに付けてもらったものだ。これを付けると「自信を持て」と叱咤《しった》激励《げきれい》されている気持ちになって、自然と背筋も伸びた。

ユリウスの腕につかまり、玄関ホールに足を踏み入れる。今日はヴェルネリとヘルカは屋敷で待機なので、ここから先は自力で頑張らなければならない。

緊張するライラとは対照的に、ユリウスにとっては実家に帰っているようなものだからか、彼はすれ違った人たちに積極的に挨拶していたし、皆もユリウスを見るとさっと寄ってきて声を掛けてくれた。

まずは、淑《しと》やかな雰囲気の中年女性。

「まあ、ユリウスじゃないの！　あなた、本当に元気になったのね！」

「お久しぶりです、叔母上。こちらにいる婚約者のライラのおかげで、すっかり元気になりました」

「初めまして。ライラ・キルッカでございます」

中年女性の次には、学生ぐらいの年頃に見える青年。

「へえ、この人がユリウス兄さんの婚約者？　本当に非魔道士なんだ」

「非魔道士だけど、彼女の体質のおかげで僕は健康になれたんだよ」

「それは聞いていたけど、本当なんだな。……あ、俺、ユリウス兄さんの従弟《いとこ》のヘンリー。よろしく、婚約者さん」

「はい、よろしくお願いします、ヘンリー様」

さらにはユリウスの方から、可愛らしくおめかしをした少女に挨拶。

「やあ、久しぶりだね、エステル。もう十四歳になったんだっけ？」

「うわー、本当にユリウス兄様だ！　あ、その人が婚約者さん？」

「お初にお目に掛かります、ライラ・キルッカでございます」

「うん、初めまして！　ユリウス兄さん、随分格好よくなっちゃって！　ねえねえ、今度友だちに自慢してもいい？」

「あはは……ほどほどにしてくれよ」

本日の参加者は二十人程度ということだが、皆例に漏れず友好的で、ユリウスの隣に立ちながら挨拶を繰り返すライラの方が面食らってしまった。

（本当に、いい人たちばかりだ……名家の方って、もっと堅苦しい感じだと思っていたけれど）

挨拶をしながらホールに向かうと、奥の席に見覚えのある中年女性と知らない若い女性の姿があった。

（あっ、イザベラ様だ。隣にいらっしゃるのが、アンニーナ様かな）

ライラの予想は当たっていたようで、ユリウスは真《ま》っ直《す》ぐ彼女らのもとに向かい、ライラと揃ってお辞儀をした。

「お久しぶりです、伯母上、アンニーナ。ユリウス・バルトシェク、婚約者のライラ・キルッカと共に参りました。アンニーナのご懐妊を、心よりお祝い申し上げます」

「ライラ・キルッカです。アンニーナ様、おめでとうございます」

ライラも緊張しつつ挨拶すると、イザベラとアンニーナは顔を見合わせた後、くすくすと同じ仕草で笑い始めた。血の繋《つな》がった母娘であるのが一目瞭然の、非常によく似た二人である。

「あらまあ……久しぶりに会うけれど、随分男前になったじゃない、ユリウス」

「どうやらライラとうまくいっているようで、わたくしたちも安心できますね」

楽しそうに笑いながら言う母娘は他の親戚同様とても気さくな感じがするが、母の方はレンディア王国でも屈指の大魔道士、嫁いでいった娘も母ほどではないが凄腕《すごうで》の魔道士だという。

そこでイザベラがライラを見、豪奢《ごうしゃ》な羽根飾りの付いた扇で口元を隠して微笑んだ。

「ああ、そうそう。キルッカ商会とは懇意にさせてもらっているわ。……ほら、このブレスレット。キルッカ商会伝手《づて》で購入したのだけれど、とても素敵ね。あなたのご両親もとても誠実な方々だし、話を持ちかけてよかったわ」

「あ、ありがとうございます！　そう言っていただけて、嬉《うれ》しく思います」

アクセサリーのどれかはキルッカ商会から買ったものかもしれない、とは思っていたが本当に身につけてくれていたとは。

恐縮するライラを、アンニーナがじっと見てくる。

「……ねえ、ライラさん」

「はいっ！」

「うふふ、そんなに緊張しなくてもいいのよ。……そこにいるユリウスだけど、普段ぼやっとしているくせに変なところで強気になること、ない？」

アンニーナに問われて、ライラは目を瞬かせた。

変なところで強気になる。

例えばいつぞや、体型を気にするライラに「いい子」と囁《ささや》いた夜とか――

ぽん、と魔法を食らったかのように赤面するライラを、ユリウスは不思議そうに見てくる。だがアンニーナたちは大体のことを察したようで、にやりと笑うと母娘でお互いに小突きあいを始めた。

「見てくださいまし、お母様。ユリウスったら、手の早いこと」

「あらあら何を言っているの、アン。婚前交渉はしないようにと念を押しているのだから、あなたの考えるようなことはないはずよ?」

「そうでしたね。でもユリウスも、可愛らしい婚約者と一緒に寝ているとのことだから、我慢できなくなったりすることがあるんじゃなくて?」

「ああ、はい。ありますね」

「ちょっ、ユリウス様!?」

はしたなくない程度に声を上げ、ライラは慌ててユリウスの腕を引っ張った。

「何をおっしゃっているのですか!?」

「えっ……あ、ごめん。実は君が寝ている時、我慢できなくなって頬に触れたりしていたんだ」

(あっ、その程度なのね!)

ユリウスは申し訳なさそうに告白するが、どこまでも健全だった「我慢できない」情報に毒気を抜かれてしまったライラは唖然《あぜん》とし、堪えきれなかったようにアンニーナとイザベラが笑いだした。

「ああ、本当に可愛らしい二人ね! おもしろい報告を聞けて、本当によかったわ!」

「アンニーナ、あまり笑いすぎるとお腹《なか》の子に障るのでは?」

「それをあなたが言うわけ?……まあいいわ。ライラさん」

「はいっ!」

「……ユリウスをよろしくね。こうしてあなたたちを見ていると……本当に、あなたでよかった、って思うの」

そう呟《つぶや》くアンニーナの眼差《まなざ》しには限りない愛情が込められており、つきん、と少しだけライラの胸が痛む。

今ライラの胸に生じたのはきっと、嫉妬とか羨望とか、そんな名前を付けることすらはばかられるような感情だ。

ユリウスがアンニーナのことを異性として意識しているとは、微塵《みじん》も感じられない。それはアンニーナからユリウスに対しても同じことなのだが、ライラの知らない子ども時代のユリウスを知るアンニーナが羨ましいとか、あんなに愛情たっぷりの眼差しを向けられるアンニーナがすごいとか、色々な感情が胸に溢《あふ》れてくる。

(でも、くよくよする場面じゃない。アンニーナ様は、「あなたでよかった」と言ってくださった)

ライラはしゃんと背筋を伸ばし、膝を折ってお辞儀をした。

「ありがとうございます、アンニーナ様。……これからもユリウス様をお支えしますので、どうかよろしくお願いいたします」

ライラのしっかりした言葉に、アンニーナとイザベラはちらっと視線を交わしあい、そっくりの顔で微笑んだのだった。

やっとのことで主催者と女当主への挨拶が終わったが、既にライラはくたくただ。

（つ、疲れた……パーティーでこんなに疲れたの、初めてだ……）

これまでにも父に連れられて貴族の邸宅を訪れたことはあるが、以前のライラはあくまでも父のおまけだったので、ここまで気を張ることはなかった。

「疲れた？　ライラ」

横からひょっこりとユリウスが顔を覗かせてきた。

ライラは反射で「大丈夫です」と言いそうになった口を一旦閉じて、数秒後に開いた。

「……はい、少しだけ」

「うん、そうだろうと思った。この辺で休もう。何か、冷たい飲み物でももらおうね」

「はい」

「……あっ、ユリウスにいさま！」

ライラがソファに座ったところで、元気いっぱいな声が飛んでくる。そちらを見れば、子どもサイズの礼服をぱりっと着こなした少年が二人、ユリウスを見て目を輝かせてやって来ていた。

先ほど玄関で自己紹介した彼らは確かイザベラの孫たちで、六歳と四歳の兄弟。このパーティーの参加者では最年少にあたるはずだ。

「ねえ、ユリウスにいさま。ご挨拶がおわったのなら、まほうみせて、まほう！」

「ぼくたちまだ、ひかりをぱちぱちさせることしかできないの」

「ユリウスにいさまならおっきなぱちぱちができるって、とうさまがいってたの」

どうやら、バルトシェク家の中でもとりわけ魔力の強いユリウスに、魔法の披露をねだりに来たようだ。

慌てて彼らの父親らしき男性が駆けてきて謝ったが、ユリウスは柔和な笑みを彼に向けた。

「いえ、ではせっかくですし、二人の希望に応えてみますね」

そう言うとユリウスは左手を胸の高さに上げて、手の平を天井の方に向けた。

そして子どもたちとライラが見守る中、彼が何かを引っかけるような仕草でくいくいと人差し指を動かした途端——

ぱっと彼の手の中から光と花びらが溢れて七色の虹に包まれながら会場に広がり、光のシャワーを降らせた。

「わっ、すごい！」

「かっこいい！」

「き、きれい……！」

少年たちだけでなく、ライラもその光景に見入ってしまう。ホールにいた者たちも同じように顔を上げるとこちらを見て、次々に光と花の幻想を生み出すユリウスを穏やかな眼差しで見つめてきていた。

幻の花は床に落ちるとすうっと消えてしまうが、男の子たちは落ちてくる花びらをつかもうとぴょんぴょん跳び回り、父親に苦笑されている。だがライラもこっそり手を伸ばし、手に触れると淡く消えてしまう魔法の花びらをつかもうとした。

（素敵……これが、ユリウス様の魔法……）

天井から降ってくる光の幻にうっとりしていると、ちょんちょんと肩を叩《たた》かれた。

そちらを見ると、ユリウスがもう片方の手をひらめかせ、何もない空間から手品のように純白の薔薇《ばら》を取り出してみせた。

「わ、すごい！」

「ありがとう。これは本物だよ」

「えっ？　どうやって……？」

「うちの屋敷の花瓶にあったものを今、取ってきた」

（うちの……って、ユリウス様の屋敷の？）

ライラには魔法の理屈はよく分からないが、つまり彼は一瞬にして、馬車で半日の距離にある自邸から花を取り寄せたのだ。

ぽかんとするライラに微笑みかけて、ユリウスは薔薇をライラの髪に挿した。既に髪には造花を飾っているのだがそれも白い薔薇だったので、追加で髪に飾られても違和感はほとんどないだろう。

ユリウスはライラの髪を飾る花を見た後、視線を下げてライラの目を見つめた。

その目尻が嬉しそうに緩まったので、どきどきしていたライラも釣られて笑みをこぼす。

ユリウスが見せてくれた幸せな魔法は、なかなか解けそうにない。

小さい子どももいるしアンニーナの体に障ってはいけないということで、パーティーは夕食の時間を過ぎた頃にはお開きになった。

ほとんどの参加者たちは王都にある自宅に戻るのだが、ユリウスの屋敷は郊外にあるため、宿泊する旨を事前に伝えている。もちろん、ユリウスとライラの部屋は一緒だ。

（退出のご挨拶をした時のイザベラ様、すごくいい笑顔をされていた……）

彼女はライラにはにこにこ笑顔で就寝の挨拶をし、ユリウスに関しては彼の袖を引っ張り、何事か囁いていた。その直後、ユリウスが少し困った顔で「それはないから、安心してください」と言っているのは聞こえた。

イザベラが何を言ったのかなんとなく予想が付いたが、ライラはあえて気付かないふりをすることにした。

巨大な邸宅にふさわしい客室はリビングだけでもかなりの広さで、部屋一つ一つに浴室が付いている。

既にヘルカのようにメイドが湯を温めてくれていたので、ユリウス、ライラの順に湯に浸《つ》かってから寝室に向かった。

「お、お待たせしました」

「気にしなくて……ちょっと、ライラ。髪がまだ濡《ぬ》れているよ」

急いで寝室に向かうと、まだ明るい部屋で本を読んでいたらしいユリウスがライラを見て、むっと目を細めた。

「それでは風邪を引いてしまうだろう」

「あの……すみません。ユリウス様を待たせてはならないと思って……普段はヘルカが乾かしてくれ――ひゃっ!?」

「ほら、じっとしていて」

すたすた歩み寄ってきたユリウスがライラの頭の上に手をかざすと、ふわっと温かい風がライラの髪をくすぐった。ヘルカがやってくれるのと同じ、熱風の魔法だ。

ユリウスはヘルカよりも魔力が強いからか、彼女よりも短い時間でライラの髪を乾かし終え、最後にさっと冷風を吹きかけて髪を整えてくれた。

「はい、できた。……変なところはない？」

「あ、ありません。ありがとうございます、ユリウス様」

「……実は一度、こうやってライラのきれいな髪を乾かしてみたかったんだ。だから僕の方こそありがとう、だよ」

ふふっと笑ったユリウスに囁かれ、ライラの頬が熱風を浴びた以外の理由でかっと熱くなる。

「そ、その……これまであまり、ユリウス様が魔法を使われる場面を見たことがなくて……今日は驚きっぱなしです」

「……うん、それもそうだね」

恥ずかし紛れで言ったライラだが、それに答えるユリウスの声は思ったよりも淡々としている。

ライラはそっと目線を上げたが、ユリウスは今は何も言わずライラの手を引いてベッドに向かった。そして自邸にあるものよりさらに立派なそれに腰掛けると、一言断ってからライラの肩を抱き、そこに額を押しつけるように顔を埋《うず》めてきた。

（……お疲れ、なのかな）

既に完璧に乾かしているユリウスの艶のある髪を撫《な》でていると、くぐもった声で名を呼ばれた。

「……君の言う通り、僕はこれまでほとんど、君の前で魔法を使わなかったね。でも別に、魔法を使うのが嫌というわけじゃないんだ」

「……そう、ですね。最初の夜に、私を眠らせてくださいましたっけ」

「ああ、そうだね。その時みたいに、必要な時には魔法を使う。そっちの方が便利だし、僕も魔力過多にならずに済むからね」

そこでユリウスは一旦言葉を切り、ふうっと丸い息を吐き出した。

「……さっきパーティーで、子どもたちに魔法を使って、って請われたよね。あれ、どうだった？」

「えっ？……えっと、光が降ってきたのはとても幻想的できれいで、薔薇の花を出してくださったのは少しびっくりしたけれど格好よかったです」

ちなみにその時に出した白薔薇は今、隣の部屋の花瓶に挿している。明日持って帰って、きちんと廊下の花瓶に戻すつもりだ。

もしかしたら、花の数が減ったことに気付いたヴェルネリが今頃慌てているかもしれない、と笑いながら話をしたのが、風呂に入る前のこと。

ライラの素直な感想にユリウスが肩口でくすくす笑うものだから、少しくすぐったい。

「ありがとう。そう言ってくれて……本当によかった」

「……」

「……何なんだろうね。魔法は便利だし、普段からもっと積極的に使えばいいというのも分かっている。それに、僕が本気になったら……多分、この王都くらいなら一瞬で灰燼《かいじん》に帰せる」

ライラは、何も言わなかった。

ユリウスは決して、己の実力を誇示したいわけでも、ライラを脅したいわけでもないのだろう。

それは分かったがまだ彼の意図がつかめないので、黙って先を促す。

「でも……僕はやっぱり、そういうのに魔法を使いたくない。怖い、という感想を抱かれるより、きれい、と思ってほしい。痛い、と言われるより、すごい、と言ってもらいたい。恐ろしい、と恐怖の表情で言われるんじゃなくて、ありがとう、と笑顔で言ってもらいたいんだ」

ぎゅ、とライラの肩を抱く手に力が入り、まるでそれが彼の心の悲鳴であるかのように感じられる。

彼が一体何を経験しているのか、ライラには分からない。

教えてもらったことがないから、知りようがない。

彼は、七歳くらいの時に保護されたと聞いている。

そしてかつて、木の根や枯れた葉のようなものしか食べられなかったので、野菜が嫌いになったと言っていた。

（ユリウス様、あなたは――）

一体何を、抱えているのですか。

だがその質問は、ライラの口を衝《つ》いて出ない。

それを軽々しく聞いてはならない、少なくとも今は聞くべき時ではない、と分かっていたから。

だからライラは腕を伸ばし、ユリウスの頭をそっと抱き寄せた。今は彼が屈《かが》んでいるので、いつもなら見られない彼のつむじに頰を寄せられる。

「さっきユリウス様が見せてくれた魔法も……これまでちらっと見せてくれた魔法も、どれもすごくて、きれいでした。あなたの魔法で私が傷ついたことは、一度もありません」

「……」

「さっき子どもたちに請われた時も……もっと派手な魔法を使おうと思ったら使えたはず。でもあなたはあえて、美しくて素敵な魔法を使った。誰も傷つけない、優しい魔法でした」

本気になれば一撃で王都を焼き尽くせるのに。

彼のことを悪く言う者たちを、一瞬で亡き者にできるのに。

「私、あなたの魔法が好きです」

「……」

「私はあなたのことを何も知らないし、これっぽっちの魔力も持たないただの人間です。でも少なくとも今私は、あなたのことをとても好ましく思っているし、あなたの魔法は人を幸せにし、世の中を便利にできる、素敵なものだと考えています」

あなたは優しい人だ、あなたの魔法は無害だ、と断定することはできない。

だが、「今のライラ」が知っている範疇《はんちゅう》で物事を判断して、「今のライラ」が思っていることを正直に伝えることは、できるはず。

だから。

「……気が向いたら、でいいです。また、あなたの素敵な魔法を見せてください」

「っ……」

「光と花を生み出しても、どこからともなく花を取り出しても、髪を乾かしてくれても、私はとても嬉しいです」

もそりとユリウスの頭が動き、ヘーゼルの瞳がライラを見上げる。

二ヶ月前よりも強い光を擁するようになった双眸《そうぼう》が、じっとライラを見据え、ライラの胸をどきどきと高鳴らせてくる。

「……君は、とても素敵な人だ」

「そ、そうですか？」

「うん、僕にはもったいないくらい。……でも、もったいないからといって、他の人に譲ったりはしない。君は、僕の婚約者で、将来僕の花嫁になる人だ」

僕の花嫁、という言葉にライラの体が跳ね、どうしようもなく恥ずかしくなってくる。

ユリウスはそんなライラを愛《いと》おしげに見つめると、「ねえ」と耳元で囁いた。

「君が側にいてくれたら、僕は魔力過多に悩まずに済む。でもそれだけの理由だったら、僕は君に求婚したりはしなかっただろう」

「……えっと、それは？」

「覚えている？　僕は君に三度目惚《ぼ》れしたんだ、って言ったこと」

そういえば、初対面の時にそんなことを言っていた気がする。

だが当時のライラはそんな言葉の一つについて冷静に考えられる状態ではなかったし、「三度目惚れ」という謎単語についても、今言われるまでずっと忘れていた。

「い、一応覚えています。あの、三度目ってことは……？」

「……一度目は、伯母上主催の夜会で婚約予定者にあんまりな扱いをされても、凛《りん》として前を向いていた君を見た時。ああ、この女性はとても強くて、でも弱い人なんだな、って思ったんだ」

主催者の甥《おい》でありながら「亡霊魔道士」と陰で呼ばれるユリウスは、あの場で一部始終を見ていた。そして婚約予定を破棄された側でありながら周りの者への礼節を欠かず、会釈をしながら会場を出て行くライラを見て、言い様もなく興味を惹《ひ》かれたそうだ。

「その後、僕は調子が悪くなって席を外し、バルコニーで君を見かけた。すぐに、さっき会場で見た女性だと分かったけど……夜空を見上げる君の横顔はとても美しくて、見惚《みと》れてしまった。傷心中の女性を覗き見するのはよくないから、本当はすぐに回れ右をしようと思ったんだけど、足が動かなかった」

ぼろぼろと泣いていたら、ユリウスも慌ててきびすを返しただろう。

だがライラは泣かず、じっと己の感情を整理させて気持ちを切り替えていた。

「流星の下で微笑む君を見て、二度目惚れした。その後君とぶつかって抱き留めた時、僕の魔力が吸い取られるのを感じて……この人がほしい、と本能的に思った」

「私が、ほしい……」

「その時が、三度目惚れ。……一度目と二度目がなかったら、うちで働かないかとか、そういう誘いをしたかもしれない。でも、僕の問題を解決する力があり、一度ならず二度も僕の心を奪った女性となると――何としてでも側に置きたい。僕を支えてほしい。妻として迎えたい――そう思ったら、求婚していた」

なるほどそういう意味での三度目惚れか、と納得する一方で、いやそんなのアリなのか、と驚く心がライラの中でせめぎあう。

あの謎の「三度目惚れ」の意味は分かった。それに、当時の彼の精神状態などを鑑みれば、手放したくないし好ましいと思っている存在だから求婚する、という気持ちも分からなくもない。

つまり、ユリウスがライラに求婚したのは便利だからという理由だけではなかった。

ライラだからほしい、と思ってくれていたのだ。

ライラがゆっくりまばたきしていると、ふと思い出したようにユリウスが話題を変える。

「そういえばさっき伯母上に、婚前交渉はだめだということを念押しされたんだ」

（あっ、やっぱりそうなのねー！）

ユリウスの返答でなんとなく予想はしていたが、まさにその通りだった。

ライラが強張《こわば》った笑みを浮かべると、ユリウスはくすくす笑って身を離し、両手でライラの肩に触れた。

「でも……伯母上の命令に背かない程度のことなら、してもいいよね？」

「ぐっ、具体的には!?」

「……君が好き、ということを口にしても、いいかな？」

ユリウスの真剣な問いかけに、ライラは固まる。

一秒、二秒、答える言葉に窮し――

（……えっ？　今、もう言ったよね？）

だが真剣な様子のユリウスに突っ込むのは野暮に感じられ、「……いいです」と伝える。

ユリウスはほっとしたように破顔すると、ライラの肩に触れていた手をするすると下ろしてライラの手を握り、指と指を絡めてきた。

「僕はきっと、君に四度目惚れした。……僕よりか弱いはずなのに強くて、眩《まぶ》しくて、僕を癒してくれる君のことが……好きだ。大好きだ」

ユリウスの言葉がライラを包み込み、じんと体中を痺《しび》れさせる。

大きな手がすっぽりとライラの手を覆い、長い指がライラの短い指を絡め取る。

「僕の魔法を好いてくれて、本当に嬉しい。でも……僕自身のことも好きになってくれたら、もっと嬉しいと、欲張りな気持ちになってしまうんだ」

「えっ……あ、あの……」

「うん」

ユリウスは穏やかな顔で、ライラの言葉を待つ。

ライラは確かに、ユリウスが見せてくれる優しい魔法が好きだ。

だがそれは――大好きな魔道士が見せてくれる魔法だから、いっそう好きになれるのだ。

他でもない、ユリウスが見せてくれるから。

彼が与えてくれるから、好きになれる。

「……魔法だけじゃなくて、私、もうとっくに、あなたのことが、すっ、す……好き、ですっ……」

「ライラ……！」

ここ二ヶ月で一番の、ユリウスの明るい声が聞こえる。

だがその顔を見ていられなくて、ライラはぷしゅうと蒸気を上げているかのような顔を伏せ、わなわな震えていた。

（い、言っちゃった！　いや、本当に思っていることだから、別にいいんだけど！）

「本当に……僕のこと、好きでいてくれるの？」

「そうです！　私だって……ちょっとぼうっとしているのにやる時にはやるし、紳士的だし、なんだかんだ言って真面目だし、私のお菓子をおいしそうに食べてくれるあなたが、好きなんです！」

最後にはヤケになってしまい、ライラはぶるぶる震えながら自分の手を引っこ抜こうとしたが、つかまれた手はびくともしない。

「あれっ!?」

「ライラやヴェルネリのおかげで、最近は筋力も付いたみたいなんだ。だからこうして……君を僕だけの存在にできる」

「ひえっ」

ぐいっと腕を引っ張られ、気が付いた時にはユリウスの腕の中。

頬にぴったりとくっつけられた彼の胸元は、まだ肉が薄めではあるがもう骨と皮ではなくなっており、頼もしささえ感じられる。

好きだ、と言ってくれた人に、抱きしめられている。

そんな彼のことを好きだ、と思っているライラは、胸元から香る彼の匂いにくらくらしてしまいそうで、シャツにしがみつくことしかできない。

「っ……いきなりこんなに積極的になるなんて……ずるいです……！」

「うん、ごめん。僕、ずるいし面倒くさい男だから」

それを自分で言うのはいかがなものなのだろうか。

ライラがむっと頬を膨らませて見上げると、ヘーゼルの目が嬉しそうに弧を描き、ライラの耳朶《じだ》に触れるように唇が寄せられた。

「ライラ……キスしたい」

「ひょっ……!?」

「いい？」

そんな、捨てられた子犬のような目で見ないでほしい。

絆《ほだ》されて、「いい」としか言えなくなってしまうから。

だが、ライラがびしっと体に緊張を走らせたのも一瞬のことだった。

つかんだままだったユリウスのシャツをぐっと握り、羞恥と緊張で爆発しそうな頭を縦に振る。

「……こ、こちらこそ、お願いします……！」

いいかだめかで返事をするのではなく、ライラの方からもキスをねだる。

一瞬虚を衝かれたようにユリウスの目が見開かれ、やがてやられたと言わんばかりにくすっと

笑った彼は、とろりとした声でライラの名を呼んだ。

「大好きだよ。……僕の、僕だけの幸福の魔道士。僕の、未来のお嫁さん」

「……私も、大好きです。私の、未来の旦那様」

囁いた声は直後、薄い唇によって封じ込められた。

ほんの一瞬、鳥の羽根が触れたかのような微《かす》かな感触を残し、熱が離れていく。

互いの顔を見合わせた二人はどちらからともなくくすくすと笑い始め、抱きあったままベッドに転がった。

その夜二人が見たのはどちらも、とても幸せで優しい夢だった。

＊＊＊

ヴェルネリには最近、疑問に思っていることがある。

早起きして、朝食の仕度を終えたヴェルネリが屋敷の三階にある寝室に向かうとたいてい、主人であるユリウスより彼の婚約者であるライラの方が先に起きている。

だがライラはユリウスを無理に起こさないので、朝の目覚めを促すのはヴェルネリの仕事だ。それは彼がここで働くようになった五年前から、ずっと変わっていない。ただし、起こしに行く場所が以前は魔力の暴走を抑えられる離れだったのが、ここ二ヶ月ほどは寝室になっているという違いはある。

ユリウスは朝から低血圧気味で、それは婚約者と一緒に寝るようになってからも相変わらずだった。そのため、カーテンを開けても二度寝に洒落込《しゃれこ》もうとするので、彼を起こして着替えさせ、朝食を食べるように促す必要がある。

「ほら、ユリウス様。ヴェルネリが起こしに来ましたよ。起きましょう」

本日も二度寝しようと丸くなったユリウスだが、ライラに揺さぶられると目を開き、ふわっと花のように笑みをほころばせた。

「……おはよう、ライラ」

「おはようございます、ユリウス様。今日もよろしくお願いします」

「うん、よろしく」

体を起こしたユリウスはライラと向きあうと、限りない愛情を込めた眼差しで婚約者を見つめる。

それはそれで別にいいのだが、ヴェルネリはなんだかいたたまれない気持ちになってしまう。

間もなくヘルカがやってくるので、ライラは彼女に付き添われて着替えに降り、ヴェルネリの方はユリウスの着替えを手伝う。ユリウスはぼうっとしているので、彼に全て任せるとかなりの確率でシャツのボタンを掛け違えてしまうのだ。

だがそんな彼も次第に覚醒して、リビングに朝食を運んでライラと一緒に卓を囲む頃には貴公子然とした振る舞いを見せてくれる。

朝食の後はたいてい、ユリウスとライラは別行動になる。

ユリウスはバルトシェク家本邸や魔道研究所から送られてきた書類に目を通したり、故障した魔法仕掛けの器具を修理したりする。ライラは、ヘルカと一緒に本を読んだり菓子を作ったりするようだ。

……だが最近、それぞれの行動を開始する前に、二人がきつく抱きあうことが増えてきた。

「ユリウス様、気分はいかがですか」

「ん、すごくいいよ。今日も頑張れそう」

「よかったです。ではまた、お昼ご飯の時に」

会話内容はわりと事務的だし、抱きあうその様子に艶めいたものは存在しない。

……存在しないはずだが、側で見ているヴェルネリの方はなんだか落ち着かない気持ちになってしまう。

昼食を挟み午後のお茶の時間になると、ライラが菓子を焼いて持って上がってきた。

今日は熱々のところをすぐに食べなければならないスフレを作ったようで、ユリウスと二人並んで座り、今にもしぼみそうなスフレに急いでスプーンを入れている。

そこまでならばまあ、日常の光景なのだが。

「前に伯母上から聞いたことがあるんだけど、お互いに食べさせあいっこをするという風習があるらしいね」

「それ、風習じゃないと思います。……まあ、『あーん』というものですね。それならわりと、町中のカフェでも恋人同士がやっているところを見かけますよ」

「ふーん。それじゃあ僕たちがその『あーん』をしても、おかしいことじゃないよね？」

「そ、それはそうですが……あ、ああ！　スフレがしぼんじゃいますので、今日はちょっとナシです！」

「わっ、そうだね。早く食べないと」

楽しそうに話をしながらスフレを口に運ぶ二人は、幸せに満ちている。

だがその横で黙々と茶を淹《い》れるヴェルネリは、なんだか胸の奥が痒《かゆ》くなるような気持ちになってしまう。


午後の活動を終え、ヴェルネリが栄養価までこだわって作った夕食を食べた後は、就寝となる。

ユリウスが湯浴《ゆあ》みを終えた頃、同じく入浴してネグリジェに着替えたライラがヘルカに伴われて上がってくる。

ここから先がライラにとって一番大切な仕事をする時間なので、ヴェルネリやヘルカは就寝の挨拶をしたら、すぐに引っ込むのだが。

「ライラ、今日はちょっと寝る前に雑談をしたい気分なんだけど……いいかな？」

「あっ、私もちょうど、お話ししたいなって思っていたのです。もちろんいいですよ」

「ありがとう。この前届いた手紙なんだけど……」

そこでヘルカが無情にドアを閉めたので、ほのぼのとした二人の話し声は遮断された。

ベッドに並んで座ってお喋《しゃべ》りする主人とその婚約者の後ろ姿はとても微笑ましいが、それを廊下で見ていたヴェルネリはなんだか胸の奥がもやもやするような気持ちになってしまう。

「さ、お二人は眠くなったら寝るでしょうし……わたくしたちも解散しましょうか」

「ちょっと待て、ヘルカ」

「あら、夜のお誘い？」

「たわけたことを抜かすな。もっと深刻な用件だ」

ヘルカは黙って微笑めば十分美しいのに、ヴェルネリにだけ辛辣で何かと突っかかってくるのが非常に残念である。

そんな彼女を廊下の隅に呼び、ヴェルネリは真剣な顔で相談する。

——ユリウスとライラの様子を見ていると、不思議な気持ちになってくる。

それは先日、バルトシェク家でのパーティーから戻ってきた日くらいから始まった症状で、この違和感の正体を知りたい、と。

ユリウスとライラ絡みだということで最初は真剣そうに話を聞いていたヘルカはすぐに真顔にな

り、自分の髪を弄《いじ》りだし、最後まで聞き終えるとため息をついた。

「あなた……ここまで鈍感だと本当に、お二人に鬱陶しがられるわよ」

「なっ、失礼な！　そういうおまえは、何か分かっているのか!?」

「そうね、直接そういうところを見たわけじゃないけれど……多分お二人は、心を通わせているわ」

「こっ……こ？」

「……バルトシェク家での滞在中に何が起きたのかは分からないけれど、少なくともユリウス様は以前より攻めるようになっているし、ライラ様もそれを受け入れている感じじゃない？」

「せめっ……？」

「もしかすると、求婚理由とかのお話をされたのかもしれないわ。……あと、これはわたくしの勘だけど……もうキスは済まされているんじゃないかと」

「き……！」

「お二人が仲睦《むつ》まじく過ごされるのなら、それが一番よね。まあ、婚前交渉はイザベラ様に禁じられているみたいだから、さすがにユリウス様もそこまで飛ばないだろうけど……」

「とば……」

すらすら喋るヘルカと、意味を成さない音節しか発せないヴェルネリ。

学院では秀才として評価され、魔道研究所でも冷徹な実力主義者として知られていたヴェルネリの頭は今、未知の情報でいっぱいいっぱいになっていた。

「わたくしたちはただ、お二人がゆっくり愛情を育まれるところを見守ればいいのよ。余計な口出しはせず、お二人のペースで歩めるよう支援する……それくらいのこと、あなたなら分かっているわよね、ヴェルネリ？」

「……。……わ、分かっているとも！　私を誰だと思っているのだ！」

絶対分かっていなかったな、と言わんばかりの白い目で見られる中、ヴェルネリはふふんと笑った。

「ああ、そうだ、そうだとも！　あのお二人の仲が進展している。それは我々にとっても喜ばしいことなのだ！　もちろん、私は分かっていた！」

「嘘《うそ》ばっか」

「何か言ったか」

「いいえ？……さ、それでは明日に向けてわたくしたちも休みましょう。あなたのご飯、とてもおいしいから、わたくしも毎日期待しているのよ」

「はっ、『無』しか作れないおまえだから、当然のことだろう」

「鈍感な恥ずかしがり屋君のくせに」

「うるさい。さっさと部屋に戻れ」

「はいはい」

ヴェルネリの悩みも解消されたようだし、これ以上廊下で立ち話をするのも時間の無駄だ。

ヘルカは長い髪をさっと靡《なび》かせて、ヴェルネリの脇を通った。

「……ありがとう」

ぼそっと呟かれた声に、ヘルカは振り返る。

だが既にヴェルネリは歩きだしており、黒いローブで包まれたその後ろ姿はあっという間に廊下の角を曲がって見えなくなった。

ヘルカは目を細めて、ほっそりした指を口元に添えた。

「……そういうところ、本当に腹が立つわ。だから、嫌いになれないのよ」

ヘルカの声は、既に去ったヴェルネリにも寝室で仲よくお喋りするユリウスとライラにも届かず、夜の屋敷のしじまに溶けていった。

5章 ♦ 因縁の地にて

ライラがユリウスと初めて出会ったあの夜会から、三ヶ月が経《た》とうとしていた。

ほんのり夏の香りが残る季節はあっという間に落ち葉が庭を染める時季となり、そうこうしている間に冬の到来を告げようとしている。

一ヶ月前に仕立屋に注文したユリウスの冬服が、今日の昼過ぎに届いた。

サイズを調節するだけだった他の衣服はともかく、ライラがデザインを考案したワインレッドの礼服は思い描いていた通りの仕上がりになり、ハンガーに吊《つる》されたそれを見てライラはうっとりとしてしまう。

「これを着たユリウス様、絶対に素敵だわ……」

「当然でしょう。……では、衣服は私の方で片づけておきますので」

「ええ、よろしく。……あら？」

振り返ったライラは、足早に応接間を去ろうとしていたヴェルネリが、見覚えのない大きな箱を抱えていることに気付く。

（あの大きさは……女性のドレス用だ）

ということは。

「ヴェルネリ、その箱——」

「ライラ様、そろそろ生地が焼ける時間ですので、蒸留室《スティルルーム》にお越しください」

ヴェルネリを呼び止めようとしたら、ヘルカが声を掛けてきた。ライラがヴェルネリと一緒に冬服を確認する間、ヘルカには菓子を焼いているオーブンの様子を見てもらっていたのだ。

（……まあ、ヴェルネリには後で聞けばいいよね）

まずは、生地の確認をしなければ。

蒸留室に入ると、甘い匂いがライラの鼻孔をくすぐった。ヘルカはオーブンの前でそわそわしながら待っており、ライラは微笑《ほほえ》んだ。

「いい匂い。きっといい感じに膨らんでいるわ」

「焼き上がるまで決してオーブンの扉を開けてはならないというのは、なかなかの苦行ですね……」

最近分かったのだが、ヘルカは余裕たっぷりの大人の女性といった雰囲気だが、あまり気が長い方ではない。ヴェルネリの嫌味に即座に反応するし、菓子の焼き上がりが待てずに今のようにそわそわすることも多い。

だが、クールビューティーなヘルカが可愛《かわい》らしいエプロンを身につけてちらちらとオーブンを眺める姿は、なんとも愛らしかった。

（前、それをヴェルネリに言ったら、「おまえは馬鹿か」みたいな目で見られたんだよねー）

それは置いておいて。

時計で焼き時間を確認し、両手にミトンを嵌《は》めたライラはオーブンの扉を開いた。

黒い天板には、膨らんだ生地が五つ並んでいる。五つのうち残念ながら一つは不格好な形に膨らんでしまっているのでユリウスには提供できないが、失敗することも考えて多めに作っているので、四個成功なら十分だ。

きれいに膨らんだ生地に切れ目を入れ、あらかじめ作っておいたクリームを中に入れる。そうして最後に粉砂糖をふるえば、シュークリームの完成だ。

「できましたね、ライラ様！」

「ええ、ヘルカがきちんと時間を計って見ていてくれたからよ」

「ふふ、ありがとうございます。……この形が崩れたものを、ヴェルネリに下賜すればいいですね」

「ま、まあそうね」

ユリウスは甘いものが好きだが、かといってティータイムのたびに大量の菓子を食べさせると体に悪いし、食事当番であるヴェルネリの雷が落ちる。

よって、きれいに焼けたシュークリームだがユリウスが食べていいのは二個まで。残りの一つはユリウスと一緒にライラが食べ、二つはヘルカとヴェルネリの毒味用だ。

（まあ、最近はヴェルネリも毒味に頓着しなくなったけれどね）

ライラがユリウスの食べ物に変なものを入れたりしないと信じることにしたようで、以前のように催促をしなくなり、「私は結構です」とつんとして言う始末。

だからといってヴェルネリ以外の三人で食べた日にはとても悲しそうに茶を淹《い》れていたので、今では何も言われずともヴェルネリの分も準備するようにしていた。

ヘルカが魔法でシュークリームをほどよく冷まし、トレイに載せる。予定通りに焼き上がったので、午後のティータイムに提供できそうだ。

ヘルカとお喋《しゃべ》りをしながら三階に上がると、ちょうど冬服の片づけを終えたらしいヴェルネリが廊下にいた。彼はライラの手元を見ると、ふんっと尊大に鼻を鳴らす。

「今日の茶菓子は、シュークリームでしたか」

「ええ。もちろん、ヴェルネリの分もあるわ」

「形は崩れているけれどね」

「……ふ、ふん。甘いものは好きではないのですが……まあ、食べてもいいでしょう」

腕を組んでそっぽを向くヴェルネリだが、ちゃんと自分の分もあると分かって安心したように目尻を垂らしたのを、ライラは見逃さなかった。

ライラがにこにこ、ヘルカがにやにや笑っているのに耐えられなかったのか、ヴェルネリは唇を引き結ぶと、「茶の仕度をしてきます」と言って去っていった。

（前にヘルカが言っていたけれど、ただ単に素直になれない人なんだろうな）

ヘルカがユリウスの部屋のドアを開けてくれたので、一言断ってから入室する。

どうやらユリウスは手紙を読んでいたようで、ライラを見るとそれを置いて立ち上がった。

「いい匂い……今日のお菓子は何だろう」

「ヒントは、三年前にユリウス様が召し上がった際、クリームを頬に付けてしまったお菓子です」

「……。……分かった、シュークリームだ！」

「正解です！」

二人でふふっと笑いあう。

前のメイドが残してくれた手製のレシピには菓子を食べた時のユリウスの反応がたくさん書き込まれており、三年前にシュークリームを作った際、ユリウスがとても喜んでくれたというメモを参考に作ったのだ。

ユリウスがソファに座ると、間もなくヴェルネリがティーセットを手に入ってくる。そうすると、毎日の習慣である午後のティータイムの始まりだ。

……ここまでは、一ヶ月前とほとんど変わらないが。

「はい、ライラの特等席はここだからね」

そう言ってポンポンとユリウスが叩《たた》いて示すのは、彼の隣。元々二人掛け用のソファなので幅は十分にあるが、それでも並んで座るとなると腕が触れあってしまう。

バルトシェク家のパーティーに参加して、お互いの想《おも》いを伝えあった夜。

あの日から、ユリウスはライラに対してかなり積極的になっていた。

「魔力が溜《た》まるから」と言いながら抱きしめる回数が多くなり、寝る前にお喋りをしたり簡単な魔法を見せてくれたりするようになった。

(朝起きた時も、前より密着している気がするし……)

今朝なんて、ライラが体が動かしにくいと感じながら目を覚ますと、ユリウスが片脚をライラの脚に絡めていたのだ。

抱きしめられるのはともかく、ここまで来ると拘束に近くて慌ててユリウスを起こしたのだが、朝に弱くて寝ぼけていたユリウスはますます強くライラを抱き込み、潰されるかと思った。

朝っぱらからそんなスキンシップをして、起こしに来たヴェルネリを硬直させたユリウスはしかし今、子どものように目を輝かせてシュークリームをほおばっている。

それでもきちんとナイフとフォークを使って上品に食べているので、昔のようにクリームを頬に付けたりすることはなさそうだ。

「すごくおいしい！　ライラも食べてみてよ」

「はい、いただきます」

部屋の隅でヴェルネリとヘルカがもそもそとシュークリームを食べているのを横目に、ライラも自分の皿に載ったシュークリームにナイフを入れた。

水蒸気で膨らんだ生地の内部はさっくりとしており、蜂蜜色のクリームがとろりと零《こぼ》れる。

（んん……おいしい！　大成功だ！）

シュークリームはたびたび実家でも作っており、両親やお裾分けした従業員の皆にも好評だった。

（みんなも、元気にしてるかな……）

両親からの手紙は半月に一度ほどの頻度で届くが、キルッカ商会は順調らしく、着実に顧客を増やしているという。

名門バルトシェク家の後ろ盾を得たからといっていきなり調子に乗ると、他の商家の顰蹙《ひんしゅく》を買う。慎《つつ》ましく、遠慮がちに、しかしよい商談は逃さず絡め取ることで、レンディア王国の商業会の一員としてうまくやっていけるのだ。

そんなことを考えながらシュークリームを食べていると、ふとこちらを見たユリウスが「あっ」と声を上げた。

「ライラ、唇の端に砂糖が付いているよ」

「えっ？　やだ、どっちですか？」

「左の方。……ああ、違う、君から見たら右だね。いや、もうちょっと上で……」

慌ててライラはナプキンで拭おうとしたが、いまいち場所が分からない。

（は、恥ずかしい！　三年前のユリウス様の再現みたいじゃない！）

あわあわとするライラを、ユリウスは優しい眼差《まなざ》しで見ていた。

だがなかなかライラが粉砂糖を取れないからか、彼の腕が持ち上がり、細い人差し指がついっとライラの唇の横を掠《かす》めた。

「あっ」

「取れた」

ユリウスは嬉《うれ》しそうに微笑むと、自分の指先に付いた白い砂糖をじっと見て――ちろりと舌で舐《な》め取った。

瞬間、凄《すさ》まじい衝撃がライラの胸を襲う。

（な、舐め……!?　今、舐めた……!?）

砂糖の付いた指を舐めるなんて、はしたないことだ。少なくとも、よそでやれば間違いなく眉をひそめられる。

だが――どういうことなのだろう。

長い睫毛《まつげ》を軽く伏せて指を舐めたユリウスからは、ちっとも下品な感じがしなかった。

それどころか、そんな動作でさえ洗練された作法の一つであるかのように思われ、一瞬覗《のぞ》いた赤い舌がえも言われず魅力的で――

「うん、甘い。もしかすると、ライラの口元に付いていたからいっそう甘く感じるのかもね」

ただでさえライラはいっぱいいっぱいなのに、隣に座る婚約者はさらなる爆弾発言を投下し、とうとうライラは顔を手で覆って伏せてしまった。

（む、無理……私の婚約者が色っぽすぎて、無理……！）

数ヶ月前は色っぽいどころか骨っぽかったユリウスは今や、相変わらず細身だが男らしい体躯《たいく》を持つ青年に生まれ変わっていた。

彼の体を蝕《むしば》んでいた魔力過多の及ぼす影響はそれほどのものだったようで、食事と睡眠、そして適度な運動を取るようになった今のユリウスを見て、「亡霊魔道士」などと呼ぶ者はいないだろう。

別に、ユリウスの見た目が変わったからといって、ライラの中での彼への愛情の度合が変わるわけではない。ユリウスがちょっと抜けていて優しい人だというのは、痩せていた頃と何ら変わりがないのだから。

だが、顔がよければ一挙一動がますます映えるようになるし、あまりにどきどきしすぎてライラの心臓が過労を訴えそうになる。

何も言わずにヴェルネリが差し出したフィンガーボウルで指を洗ったユリウスは、俯《うつむ》いて呻《うめ》くライラを見て心配そうに顔を覗き込んできた。

「ライラ……どうかしたの？　シュークリームがおいしすぎた？」

「ち、違います。ユリウス様が……」

「僕が？」

「……格好よすぎて。ちょっと直視できそうにないんです」

我ながら変な言い訳だと思うが、ライラの偽りのない本心である。

頭上で、ユリウスがふーん、と唸《うな》る声が聞こえる。

もしかして困らせてしまったのだろうかと、ライラがおそるおそる顔を上げると――

「捕まえた」

「ひゃっ!?」

その隙を逃さず、ユリウスの長い腕がライラの腰を捕らえてくいっと引き寄せ、気が付けばライラはユリウスの膝の上に半分乗り上がるようにして彼の顔を見上げていた。

楽しそうにきらめくヘーゼルの目が、ライラを見ている。思わず手を突いた先のユリウスの太ももは硬くて、今ライラを拘束しているのが大人の男なのだと嫌でも知らされるようだ。

「僕のこと、格好いいと思ってくれるの？」

「うっ……！　そ、そうです！」

「そっか、嬉しいな。……ほら、ライラ。恥ずかしがる君の顔、もっと見たいな」

（うわあああ！　ユリウス様が攻めてくるー！）

バルトシェク家のパーティーでアンニーナが口にしていた言葉が、頭の中に蘇《よみがえ》る。

普段はぼやっとしているのに、変なところで強気になる。まさに今のユリウスだ。

「ユリウス様っ！　ヴェ、ヴェルネリたちも見ていますから！」

「あ、そうだね。それじゃあ続きは夜にしようか」

（続きって、何!?　私、何をされるの!?）

絶賛大混乱中のライラだが、ユリウスはあっさり拘束を解いてライラをソファに下ろすと、上機嫌で茶を飲み始めた。この切り替えの早さがすごいし、今晩のことを考えるとなんだか怖い。

これまでの間、ヴェルネリたちは物言わぬ影像となって壁際に控えていた。だが二人が落ち着いた頃合いを見計らってか、ヴェルネリは咳払《せきばら》いをした。

「失礼します、ユリウス様。……本日のお茶の時間に、ライラ様とご相談なさりたい案件があるとのことだったはずですが」

「ああ、そうそう。ヴェルネリ、手紙を持ってきて」

ユリウスの指示を受け、ヴェルネリがデスクに置いていた書簡と中に入っていたらしい手紙を持ってくる。

ヘルカが簡単にテーブルの上を片づけてくれたのでそこに置かせて、ユリウスはライラを見た。

「これ、普段食材などを購入している地方都市からなんだけど、ここの領主にはとても世話になっていてね。体調が整っている日でいいから、町にいる若い魔道士の育成に手を貸してほしいって請われているんだ」

ユリウス曰《いわ》く、その町には小さめの魔道士育成機関があるそうだ。

魔道士たちが、十代半ばくらいまでの子どもたちに教育を施しているとのことだが、大魔道士であるユリウスにも出張講座みたいなものをしてほしいそうだ。

「これまでは体調を理由に断っていたんだけど、日用品のほとんどはここで購入しているし、この前世話になった仕立屋もこの町で暮らしている。だから、僕にできる形で皆にお礼をしたいと思っているんだ」

そこで、とユリウスはライラを見つめる。

「今回も、ライラに同行を頼みたい。早朝に出発すれば夜には戻ってこられる距離だけど、これまでは『もしも』を考えるとなかなか頷《うなず》けなかったんだ」

「……私が行っても邪魔になりませんか？」

「なるわけないよ。それに、この町の人々は僕が婚約者を迎えたことも知っている。この前のバルトシェク家の会ほど、かっちりしなくていいからね」

春の日だまりのような柔らかい笑顔で言われると、ライラの胸もくすぐったくなってくる。

（そ、そっか。私たちが普段食べているものや使っているものもここで買っているのなら、私だって間接的にお世話になっているってことだし……）

「……分かりました。私もご一緒させてください」

「ありがとう。あ、ちなみに今回はヴェルネリとヘルカにも同行してもらう。その間、屋敷のことは魔道研究所の人に任せるつもりだ」

「あっ、そうなんですね」

「実は遠出するついでに、ヴェルネリと一緒に行きたい場所があって。その間ライラのことはヘルカに任せることになるんだけど、いいかな？」

具体的にどこに行くのか、までは言わないが、きっと仕事絡みのことだろう。最近は魔道研究所から届く手紙が増えている気がするので、何か頼まれたのかもしれない。

そう思ったライラが深く追及せずに頷くと、ユリウスはほっとしたように頬を緩めたのだった。

＊＊＊

数日後、ライラは外出用のドレスを着ていた。

夜会に行くのではなくて地方都市への出張なので、一般市民の女性が着るワンピースを少しおしゃれにした程度のものだ。少し歩くことになるそうなので靴もヒールが低めのショートブーツにし、頭頂部にちょんと載せてヘアピンで留めるタイプの小さな帽子を被《かぶ》った。

（考えてみると、四人で出かけるのはこれが初めてだな……）

普段は魔道研究所の制服であるローブ姿のヴェルネリとヘルカも、いつもよりは動きやすそうなジャケットとスラックス、ワンピースに着替えていた。それでも魔道研究所の関係者という証明は必要らしく、研究所の紋の入ったマントを上から羽織っている。

ユリウスは冬の私服姿だが、先日届いた新しい灰色のジャケットはユリウスの体型にぴったりで、結わえた髪の房を肩に垂らす様はなんとも絵になる。

ユリウスとヴェルネリが留守番係の魔道士に言付けをしたところで、いざ出発、であるが。

「……馬車、馬がいませんね」

「要らないよ。空を飛んでいくから」

「えっ？」

屋敷の前で待機しているバルトシェク家の家紋入りの馬車には、馬が繋《つな》がれていない。

御者もいないしどうしたのだろうと思っていたライラは、ユリウスの言葉に目を瞬かせる。

（空を……？）

「飛ぶのですか？　馬車が？」

「うん、そっちの方が速いし、ロマンチックだと思って」

笑顔で言ったユリウスはライラの手を取り、馬車の方へ導いた。荷物を持ったヘルカも後に続き、御者台にはヴェルネリが座る。

（魔法で飛ぶってこと？　馬車、重そうなのに……）

車体だけでも重量があるし、そこにさらに男女四人分の体重が加算される。

ライラは窓枠に手を掛けてそわそわと外を見ていたが、御者台の方でヴェルネリが出発を宣言するとユリウスとヘルカが片手を挙げ、ふわっと温かい風が車内に満ちた。

そして――

「わっ、浮いてる!?」

重そうな車体が揺れることなく浮上し、周囲の木々を越え、すぐに屋敷の屋根も越え、のどかな田園地帯が一望できるほどの高さまで浮き上がり、東に向かって真《ま》っ直《す》ぐ飛び始めた。

そうするとユリウスとヘルカは腕を下ろし、「後は着陸まで、ヴェルネリに任せよう」ということになった。

「この調子だと、町に着くまで三十分くらいかな。……どう、ライラ？」

「……な、なんだかすごいです！」

ユリウスはけろっとして言うが、ライラは車窓から見える光景から目が離せなかった。

秋晴れの空がいつもより近く見え、青白い山脈が目線より下に広がっているかのよう。

馬車はかなりの速度で飛んでいるようで、眼下を秋の作物が植えられた畑や牧草地、牛の放牧場や肩を寄せあう集落などがどんどん過ぎ去っていく。間違いなく、普通の馬車よりも速い。

「魔法でこんなこともできたんですね……初めて知りました！」

「うん。王都に用事がある時は、撃ち落とされる可能性があるからやめておくけど、地方に行く時は専らこうして飛んでいくよ」

確かに、王都の空をこんなものが飛んでいたら、魔法で撃墜されるだろう。魔道士であるユリウスたちならともかく、ライラなら一撃必殺間違いなしだ。

ヴェルネリの魔力が安定しているからか、車体はほとんど揺れずに飛んでいく。

「……ヴェルネリの魔力、すごいんですね」

「僕の方がすごいよ。僕なら頑張れば、うちの屋敷を浮かせられるし」

「……そんなところで張りあわないでください」

ヘルカに冷静に突っ込まれるが、ユリウスはライラがヴェルネリを褒めたのがちょっと気にくわなかったようだ。

窓枠に張り付いたままのライラの腰に腕が回って右肩にユリウスのあごがとんっと載ったため、びくっと身を震わせた。

「な、何ですか!?」

「……今日のライラのこの辺、甘酸っぱい匂いがする。香水?」

この辺というのは、ユリウスがすんすん鼻を鳴らしているライラの首筋のことだろう。確かに今朝、ヘルカが買ってきてくれた新作の香水をそのあたりに付けていた。

「は、はい。柑橘類《かんきつるい》のいい匂いがするってことで……」

「そっか。……ライラの匂いと混じって、すごくおいしそう」

「た、食べないでくださいね!?」

「食べないよ。……食べないけど、町に着くまでこうしていたいな」

「……」

「……だめかな?」

請われて、ライラはちらっと横を見た。

ヘルカは持ってきていた小説を開いており、こちらには目もくれていない。気遣いのできる彼女に感謝である。

「……到着するまでなら」

「ありがとう、ライラ」

笑う声は少年のように爽やかなのに、ふうっと首筋に息を吹きかけられるものだからライラはまたしても体を跳ねてしまう。

……実は首の後ろはものすごく弱い場所なのだが、絶対にユリウスには知られないようにしよう、とライラは心に刻み込んだ。


ユリウスの読み通り、屋敷を出発して四半刻ほどで馬車は高度を落とし始め、ユリウスとヘルカの補助のもとゆっくり着陸した。

ここは、防壁で周囲をぐるりと囲まれた地方都市だ。レンディア王国内では東のオルーヴァ王国と最も近い町ということもあり、急襲にも備えられるように魔道軍も常駐しているそうだ。

ライラたちの訪問は先に知らされていたようで、町の前に着陸した時には既に、巨大な門の前で魔道士らしき人々が待ちかまえていた。

「さ、降りよう。大丈夫、胸を張って」

「はい……」

ユリウスに手を取られ、ライラは馬車から降りた。出迎えの者たちはさっと一礼したが、多くの者たちがユリウスの姿を見て一瞬瞠目《どうもく》したことにライラは気付いていた。

先日のバルトシェク家のパーティー以外で元気になったユリウスが多くの人の前に現れたのは、これが初めてかもしれない。魔道軍の者も、記憶の中にあるのは痩せ衰えたユリウスの姿だろうから、今の彼を見て驚愕《きょうがく》するのも当然のことだ。

「皆、出迎えありがとう。今日はよろしく頼む」

ユリウスが朗々とした声で挨拶すると、皆も礼で返事をする。

彼らの作る花道を通った先には町の責任者らしい中年の男性がおり、ユリウスが挨拶をすると嬉しそうに顔をほころばせた。

「ユリウス様のお越しを、心より歓迎いたします！　お体の調子はいかがで？」

「こちらにいる婚約者のおかげで、すこぶるいい。……紹介する。僕の婚約者の、ライラ・キルッカだ」

「ライラでございます。よろしくお願いします」

ライラがスカートを摘《つま》んでお辞儀をすると、責任者は「キルッカ……ああ、商会の！」とピンときたようだ。

「ユリウス様の幸せそうなお顔を拝見できて、嬉しく思います。……さ、こちらへ」

「ああ、案内よろしく」

自分よりずっと年上の相手を前にしてもユリウスは堂々としており、それでいて相手を見下したりせず悠然と対応する横顔は、本当に惚《ほ》れ惚《ぼ》れとしてしまう。

その後ライラたちは責任者の案内のもと、都市内を歩いた。

(王都より小さめだけれど、お店は充実しているし活気もある。それに、警備もしっかりしているみたい……)

道行く人も多くて、オルーヴァのすぐ近くという不安要素さえなければ、住み心地のよさそうな町である。

(……うーん……なんだかユリウス様、すごく注目されている?)

ライラの隣を颯爽《さっそう》と歩くユリウスはやはり、人目を惹《ひ》く。だが、ただ単に大魔道士として注目されているだけではなさそうだ。

すれ違った若い女性たちが、ユリウスを見てきゃあきゃあはしゃいでいる。まだ十代前半くらいだろう売り子らしき少女はぽうっと頬を染めているし、既婚者らしい女性たちもユリウスをしげしげと見ていた。

ユリウスの容姿は、非常に見栄えがする。

それこそ、すれ違った女性たちのほとんどが思わず振り返り、見とれるくらい。

(も、もしかして私が思っていた以上にユリウス様は格好よくて、モテるの……?)

ライラと暮らすようになって、数ヶ月。

がりがりに痩せていた頃の面影はほとんどなく、そこにいるのは細身の体軀を持つ凜《りん》とした貴公子だった。

（……私、隣に立っていて浮いていないかな）

にわかに不安になってきた。

浮いているくらいならまだいいが、ユリウスの品格を落とすような存在になっていないだろうかと思うと胸の奥がぞわぞわしてきて、ライラはきゅっとユリウスのジャケットの裾をつかんだ。

おそらく真後ろにいるヴェルネリとヘルカくらいにしか見えないだろうと思っての行動だったが、引っ張られたジャケットをさっと見たユリウスが、ジャケットをつかんでいたライラの手をぎゅっと握った。

（えっ!?）

「ユリウス様……」

「手、繋いで歩こう」

顔を覗き込まれ、それまではきりりとしていたかんばせをふわりと緩めるユリウスに提案されれば、ライラは真っ赤になって頷くしかできなかった。

ユリウスが隣にいる女性と手を繋いでいるのは周りにも見えていたようで、あちこちから黄色い悲鳴や楽しそうに笑う声が聞こえてくる。

（ちょっと、恥ずかしい。でも……安心できる）

何よりも、ライラが弱気になって甘えるとすぐに気付き、ライラが一番喜ぶ形で応えてくれたことが、嬉しい。

晩秋の風吹く町並みは少し肌寒いが、しっかり握った手はとても温かかった。


その後ユリウスは魔道士育成機関に赴き、ライラもそれに同行した。

さすが魔道士用の学舎だけあり、ライラが王都で通っていた学院とは趣が違う。広い校庭には魔法を撃つ練習ができるような場所があり、模擬訓練をしてもいいような広場もあった。

魔道士ではないライラは子どもたちの放つ魔法に被弾してはいけないので、少し離れたところでヘルカと一緒にユリウスの様子を見守ることにしたのだが――

「ぎゃっ！」

「うん、よく頑張ったと思うよ。でも安定していないから、簡単に打ち消されてしまう。……はい、次」

「い、行きます！……うっ、わぁっ!?」

「うーん……能力は高いけれど、不安で不安で仕方ないって気持ちがこっちに伝わってしまう。弱気になると、相手に隙を突かれる。もっと気持ちを落ち着けるように。……次」

訓練中らしい十人ほどの子どもたちがユリウスに魔法を放ち、あっさり吹っ飛ばされる。その都度ユリウスは一言ずつアドバイスをして、さまざまな魔法を撃たせていた。

途中からはユリウス一人対子ども五人という四方を囲まれた状態になったが、ユリウスが的確に魔法の壁を作って攻撃を防ぐと火花や稲妻が飛び散り、ライラはその光景から目が離せなかった。

（す、すごい……これが、魔法の実技訓練……）

「なんだかもう……別次元を見ているみたい」

ライラが呟《つぶや》くと、隣に座っていたヘルカがくすくす笑った。

「ライラ様には、そう見えるかもしれませんね。ユリウス様は、魔道士の育成にとても関心を持たれているのですよ」

「子どもが好きってことなのかな？」

「どちらかというと、優秀な後継者を育てたいという気持ちがおありだからでしょう。子ども好きということは、特には聞いておりませんので」

「そうなのね」

「でもいずれライラ様との間にお子様が生まれましたらきっと、とても可愛がられますよ」

「ひっ……!?」

のんびり雑談をしていたというのにいきなりどきっとするようなことを言われ、ライラは子どもたちに囲まれるユリウスを見て――さっと目を逸《そ》らしてしまった。

（そ、そりゃあ確かに私はユリウス様の婚約者だから、早ければ来年の夏には結婚するし、子どもだって……う、うん。そ、そうだよね！）

かあっと赤面するライラを見ておかしそうに笑い、ヘルカは長い髪をさらっと掻《か》き上げてユリウスに視線を向けた。

「……あれほどまで生き生きとされているユリウス様のお姿は、ライラ様がいらっしゃらなかったら一生拝見できなかったかもしれません」

「……私みたいな体質は、稀《まれ》には生まれるんだよね？」

確かヴェルネリが、ライラの体質はあまり発見例がない珍しいものだと言っていた。ということは、しらみつぶしに探せば同じような体質持ちが見つかるかもしれないのではないか。

「そうですね。ただライラ様もそうだったように、魔力吸収体質であるかどうかは普通の測定器では分かりません。よって、発見例がないだけで思ったよりも多くの人が同じ体質を持っている可能性も十分にあります」

「……そうだよね」

——もしライラ以外の女性が、この体質持ちだったら。

あの夜会で同じ体質持ちの女性がおり、同じようにユリウスに触れていたら、選ばれたのはライラではなくてその女性だったのかも——

（……ううん、違う。ユリウス様、言っていたもの）

ユリウスはライラに、三度目惚れしたと。二度目まであったから、ライラに触れて体質に気付いた際、メイドとして雇用するとかではなく、求婚という選択をしたのだと。

自信を持てばいい。

今、子どもたちと一緒に活動しているユリウスは、婚約者がライラだからこそ存在する。

ライラが選ばれた価値は、確かにあるのだと。

＊＊＊

学舎での指導は昼食前に終わり、責任者に案内されたレストランに行って四人で食事を取った後、ユリウスはライラと別行動を取ることになった。

「ごめんね、ライラ。用事が終わったらすぐに戻ってくるから、それまでヘルカと一緒に待っていてくれるかな」

ユリウスが言うと、ライラは頷いて町並みの方を手で示した。

「もちろんです。ヘルカと一緒に買い物をしていますので、ユリウス様こそお気を付けて行ってきてくださいね」

「うん、行ってきます」

そうして、ぎゅっとライラを抱きしめる。

人前なのでライラは慌て、通行人にはしげしげと見られ、ヴェルネリとヘルカには呆《あき》れられたように一瞥《いちべつ》されるが、気にならない。

こうすることで体の中で溜まりつつあった魔力がすうっと吸い取られ、体も軽くなったような気がする。それだけでなく、ライラの甘い香りを胸いっぱいに吸うと、たまらなく幸せな気持ちになるのだ。

ヘルカに手を取られて雑踏に消えていくライラを見送り、ユリウスはきびすを返した。ライラは非魔道士だが側《そば》にはヘルカがいるし、密《ひそ》かに魔道軍の者にも協力してもらい護衛を付けているので、警備に不安はない。いつも屋敷に籠もりがちにさせてしまっているライラが、ゆっくり羽を伸ばして遊べる時間ができるはずだ。

ユリウスはそのまま人目を集めつつ、ヴェルネリと一緒に町の出口へ向かった。

番兵に挨拶をして、誰にも見られない城壁の陰に移動したところで、顔を上げて太陽の位置を確かめる。

「……北東は、あっちだな」

「はい。参りましょうか」

「うん、遅れずについてきてよ」

そう言った直後、ユリウスは笑顔を引っ込めてとんっと地を蹴り――そのままふわりと宙に浮くと、凄まじい速度で北東の方角へと飛び始めた。間違いなく、ヴェルネリが操った馬車より速い。

ひゅんひゅんと眼下の光景が通り過ぎていき、船だと渡りきるのに十数分掛かりそうな河川をも瞬く間に飛び越えていく。

振り返らないが、少し遅れてヴェルネリがついてきているのを気配で確認し、ユリウスは飛行を続ける。

魔法で制御しているので髪や服はほとんど乱れず、もし地上から偶然その姿を見る者がいたとしても一瞬のことで、それが空を飛ぶ人であると認識することもできないだろう。

野原を越え、川を越え、しばらく飛んだ先。

それまでに越えてきた川よりもずっと幅のある、レンディア王国の南の海から続く巨大な河川が見えてきたところでユリウスは速度を緩め、そのまま空中で停止した。

ジャケットの裾と結んだ髪の房を軽く揺らしながら、ユリウスは腕を組んで眼下の光景を睨《にら》み付けた。およそ屋敷では見せることのない、険しい眼差しである。

ところどころに白い波の立つ大河。

これを越えた先は、隣国オルーヴァだ。

「……この様子を見てどう思う、ヴェルネリ」

自分より十秒ほど遅れて到着したヴェルネリに問うと、少し息を切らせた様子のヴェルネリはあたりを見回して、唸った。

「……魔道軍からの報告で予想していたよりは、穏やかなものかと」

「一応、国境沿いに確認してみよう。……ヴェルネリは、ここから南を」

「……。……かしこまりました」

ヴェルネリが言葉に詰まったのは一瞬のことだった。

一旦二人は北と南に別れ、レンディアとオルーヴァを隔てる川沿いに周囲を確認していく。

北へ飛びながら、ユリウスは遠くに広がる対岸をじっと見ていた。

あれは、オルーヴァ王国。

昔からレンディア王国と張りあい、何かあればいちゃもんをつけて戦争を吹っかけてくる、ろくでもない国。

魔道士の人数自体はレンディアとほとんど変わらないが、まともな育成をする気のない国。

ぎゅっとジャケットの胸元を握り、足下が青々とした草地から砂利と石の転がる大地に変わった頃、ユリウスは少しずつ高度を下げた。

何もない、荒れた土地。

ゆっくり降下し、ブーツの先が砂地を蹴る。踏みしめた大地は生き物の気配に乏しく、砂の色で埋め尽くされた世界の先に伸びる大河、そしてその向こうのオルーヴァ王国の領土を見つめるユリウスの眼差しは、厳しい。

ここは、ミアシス地方。

十五年前、突然侵略してきたオルーヴァ軍と迎撃したレンディア魔道軍が衝突した場所。

ユリウスにとって、因縁の地。

「……」

視線を落とし、ブーツの先で砂を蹴る。さあっと舞い上がった砂は乾燥しており、ユリウスのズボンの裾を少し汚した。

ズボンの汚れを魔法で落としたユリウスは目を閉じてしばし沈黙し、周囲に魔力の手を伸ばす。

ざわざわと彼の長い髪が揺れ、目には見えない魔力がミアシス広域へ広がっていく。

やがて目を開けたユリウスはたんっと地を蹴り、再び空中に舞い上がった。

そのまま来た道を戻ると間もなく、空中で浮くヴェルネリの姿が見えてくる。

「待たせた」

「……こちらは異常なしです。そちらは……？」

「特に、ない。魔力の気配も、対岸の方から感じられるくらいだ」

「そうですか……」

ユリウスはもう一度、川の先を見やった。

「……あのオルーヴァがいつまでも大人しくしているとは思えない。もし叶《かな》うことなら乗り込んで、一網打尽にするところだが……」

「ユリウス様」

「分かっている。……どのような理由があろうと、使節団以外の王城関係者が国境を越えることは許されない。僕も、喧嘩《けんか》を売りに行くつもりはないよ」

だが、とヘーゼルの目に炎を灯《とも》し、腕を組んだユリウスは低く言う。

「もし、乗り込んでくるようなら容赦はしない」

「……はい」

「分かってくれ、ヴェルネリ。僕だって無謀な戦いはしない。……ライラに二度と会えなくなるのは、嫌だから」

ユリウスの言葉に、ヴェルネリが顔を上げる。

だがユリウスは彼には視線をくれず、胸の前でぐっと拳を固めた。

「それでも……もう、あの悲劇は起こさせたくない。これ以上『兵器』を作らせては……ならないんだ」

＊＊＊

ヴェルネリと一緒に仕事に行ったユリウスとは、夕方頃に合流できた。

ライラはヘルカと一緒に町の散策に出て、小遣いで菓子や服、本など、さまざまなものを買って馬車に積んでいたところだった。

「す、すみません！　これ、全部自分で部屋まで運びますので！」

「はは、いいよ、気にしなくて。町の散策は、楽しめた？」

「はい！……あ、ユリウス様。ジャケットが少し汚れていますよ」

「ん？」

ユリウス本人からは見えない位置、ジャケットの尻部分に白っぽい砂が付いているようだ。

（仕事中に、どこかに座ったりされたのかな？）

そう思ってライラはハンカチを出したのだが、はっとした様子のユリウスが自らジャケットを脱いでぱんぱんと手で払ったため、ハンカチを手にした手が宙ぶらりんになってしまう。

「まったく。……あ、ごめん。ハンカチ、ありがとう」

「あ、いえ……」

すごすごとハンカチを戻し、ライラは黙って彼の手に引かれて馬車に乗った。

彼がヴェルネリと一緒にどこに行っていたのか、ライラは知らない。彼が言わない限り、聞くつもりもない。

だが――先ほどジャケットの砂を落とした時のユリウスは、まるでその砂粒が因縁の相手であるかのようなきつい眼差しをしていたのだ。

（いつか、教えてくださる日が来れば……いいな……）

帰りの馬車はヘルカが操縦するとのことで、車内にはヴェルネリがいる。

座るとあくびをしてしまい、ライラは慌ててハンカチで口元を覆った。

「ライラ、眠いのかな？」

「え、ええと……たくさん歩いたので、少し疲れたかも、です」

「実は僕もなんだ。……屋敷に着くまで、一緒に寝よう。ヴェルネリ、いいよね？」

「……お好きになさってください」

許可したというより、もう面倒だから勝手にしてくれと放っておかれた気分だが、一応承諾はもらえた。

ユリウスは座席の下の荷物入れから大きめのブランケットを取り出すと、自分とライラを包むようにふわりと広げた。

「わっ……」

「もうちょっとこっちに寄って。君は僕の肩にいい感じにもたれかかればいいから」

「で、でもそれだとユリウス様が窮屈ですよ？」

「そんなことないよ。可愛い君を抱きしめられるんだから、ぐっすり眠れるに決まっている」

……向かいの席でヴェルネリがげほごほ咳《せ》き込む声が聞こえたが、気にしたら負けだろう。

結局ライラはユリウスの厚意に甘え、彼の肩にもたれかかるようにして身を預けた。

「……重くないですか？」

「ちょうどいい重みだよ。……おやすみ、ライラ」

「はい……おやすみなさいませ、ユリウス様……」

屋敷に着くまで、三十分程度だ。それまで少し休もうと、ライラは目を閉じた。

ユリウスの首筋から砂の匂いがしていたからか、夢の中でライラはなぜか、少し幼い顔つきの彼が広漠とした大地に立ち尽くしている姿を見た。

6章 幸せな女と負けた女

庭の広葉樹がすっかり葉を落とし、吹き付ける風がいよいよ寒くなってきた頃。

再びパーティーに参加することになったと、ユリウスはライラに伝えた。

「今度の会場は……リスト将軍の邸宅？」

「そう。将軍は魔道軍の大将で、リスト家はうちと同じく貴族ではないけれど、バルトシェク家と並ぶ魔道の大家として知られている。僕の養父は若い頃、将軍の右腕として活躍していたそうなんだ」

招待状に目を通したライラは、しげしげとユリウスを見つめる。

「ユリウス様のお養父《とう》様は、魔道軍に所属していらっしゃったのですね」

「そうだよ。養父はミアシス地方国境戦でも従軍して、その時に僕を拾ってくれたんだ」

「あ、なるほど」

「リスト将軍は養父が軍を退いてからも懇意にしてくださっていたし、僕も魔法の訓練をしてもらったことがある。そんな将軍の六十歳の誕生日会ということだから、是非参加したいんだ」

ライラは頷《うなず》いた。

リスト将軍の邸宅は王都にあるそうだから、前回のバルトシェク家のパーティーと同じく、泊まりがけになる。となると、ライラの存在は必要不可欠なのだ。

「分かりました。私も参加します」

「うん、ありがとう。バルトシェク家の時もそうだったけど、僕の可愛《かわい》い婚約者を皆に自慢したいからね。リスト将軍は僕たちの婚約の際にもお祝いの手紙をくださったから、是非ライラのことを紹介したいんだ」

「そ、そういうことでしたら」

さらりと告げられた言葉の中には少し恥ずかしい台詞《せりふ》も混じっており、ライラはもじもじと指先をすり合わせた。

（本当にユリウス様の不意打ちは、心臓に悪い！　ご本人に自覚がないのが一番厄介だし……）

「あ、そうだ。この夜会は、どれくらいの規模になるのですか？」

「魔道軍の関係者を中心に、かなりの人数の貴族が集められるはずだよ。そうだね……五百人はいるかも」

「五百人!?」

思わず声がひっくり返ってしまった。これまでライラが参加したことのある夜会は最大でも百人規模程度で、それでも多いと感じていたくらいなのに。

（まず五百人を収容できるホールがあるってのがすごいし……お城じゃなくて屋敷なんだよね？

将軍ってすごい……）

「……軍事関係者なら、やはり男性のお客様が多いのでしょうか」

「リスト将軍の部下となるとやはり男性が多いけれど、その家族や普通の貴族も招かれるから、最終的には男女比は同じくらいになると思うよ。あと、魔道軍の優秀な若手と結婚したがる女性もいるだろうし、そういった人にとっては出会いの場所になるだろうね」

「……そう、ですか」

ユリウスの言葉に、つきん、とライラの胸が少しだけ痛んだ。

若手と結婚したがる女性――つまり、妙齢の貴族の娘たちだ。

（そういう人たちは、ユリウス様を見てどう思われるかな……）

この前の地方都市でまざまざと思い知らされたことだが、ユリウスは目立つ。そして、女性にモテるのだ。

地方都市の女性たちはさすがに大魔道士におそれと近寄ろうとしなかったが、貴族の女性はそうではないはず。たとえライラが側《そば》にいたとしても、ユリウスを見れば恋に落ちるのではないか。

そしてユリウスは紳士だから、どんな人に対しても丁寧に応じるだろう。

きれいな女性が彼に声を掛け、社交辞令とはいえ女性に笑顔を向けたりしたら――

（……だ、だめだ。こんなことを考えるなんて、婚約者失格だ！）

婚約者が人気者なのは、自分としても喜ぶべきことだ。

あなたの婚約者はとても素敵だ、と言われれば自分も嬉《うれ》しいに決まっている。

……それなのに。

「……ライラ?」

ライラが沈黙しているからか、ユリウスが声を掛けてきた。

慌ててライラは顔を上げ、今の自分にできる精一杯の笑顔で応じる。

「はい。何でしょうか?」

「……ライラ、こっちに来て、座って」

こっち、とは、デスク前の立派な一人用椅子に座るユリウスのところだ。いつもティータイムを楽しむ二人掛けソファならともかく、小さめの椅子にライラが座れる余地はない。

(……何だろう?)

不思議に思いつつデスクを回ってユリウスの隣に立つと、彼はライラの腕を引っ張って抱き寄せた。そしてそのまま片腕でひょいっとライラを抱えると、自分の膝の上に引き上げてしまった。

魔法なんて使っていないはずなのに、一瞬の早業。ぽかんとしている間にライラは、ユリウスの膝の上で彼と向き合うように座らされていたのだった。

(……ひっ……!? ひえぇぇぇ!?)

「やっ! ちょっ、下ろしてください!」

「だめ。……ああ、こうするとライラの顔を見上げられるね。真っ赤になった顔、すごく可愛い」

「やだ、見ないでください！　わ、私、重いから、下ろしてください！」

「別に、重いとは思わないけれど？　ほら、ちゃんと座って」

そのままぐいぐいと肩を押さえられ、思いの外強い力に抗《あらが》うことができず、内股に力を入れて踏ん張っていたライラもついにすとんとユリウスの膝の上に着地してしまった。

（は、恥ずかしっ……！）

いつもならライラを見下ろすユリウスが今は少し見上げる形になっており、腰に回された手にがっちり捕らえられているのでこれ以上身動きできない。

思わず顔を手で覆ってしまうライラだが、耳元にしっとりした声が吹き込まれた。

「……さっき君は、何を考えていた？」

「……えっ？」

「君はさっき、辛《つら》そうな顔をしていた。……僕の言葉で何か、気に入らないところがあった？やっぱり大規模な夜会には行きたくない？」

心配そうに問われて、ライラはほろりと手を下ろす。

先ほど感じた胸の奥の揺らぎを、ユリウスに感じ取られてしまっていた。彼がライラを逃がすまいとしているのは、ライラが落ち込んだ理由を知りたいから。

（……だめだな、私。隠し事が下手で、逆にユリウス様を心配させるなんて）

「……夜会には、行きます。ちゃんと、あなたの婚約者としてのお務めを果たします。……ただ」

「ただ？」

「……勝手に思いこんで、勝手に嫉妬してしまったんです」

先日の地方都市で、さまざまな年代の女性がユリウスに魅入られていたこと。

貴族の女性なら、もっと積極的にユリウスに迫ってくるかもしれないこと。

もしユリウスが彼女らに紳士的に対応したら、嫉妬してしまいそうなこと。

ぽつぽつと語るライラを、ユリウスは穏やかな目で見ていた。そうしてライラが言葉を切り、気まずくて視線を逸《そ》らしていると彼は「分かった」と決意したように頷いた。

「それじゃあ、リスト将軍の屋敷で僕は、女性とは絶対に喋《しゃべ》らない」

「えっ、それはまずいでしょう!?」

「でも、僕が女性客と挨拶をしたらライラは辛い思いをするんだろう？　それなら別に、声を掛けなくていいし」

「だ、だめです！　あの……すみません。さっきの、忘れてください。……ただの我儘《わがまま》なので」

ライラが嫉妬するからといってユリウスが女性客を突っぱねたりしたら、悪評が立つかもしれない。

今になって正直に言ったことが悔やまれてライラが黙っていると、ユリウスの指がライラのダークブロンドをそっとかき撫《な》でた。

「僕は、嬉しいよ。ライラが嫉妬してくれたんだから。僕は君にこんなに愛してもらえているんだな、って実感できて……嬉しく思ってしまった。僕の方こそ、ごめんね」

「そっ！　そんな、こと……」

「ライラ、辛いと思うこととか、嫌だと思うこととかは、言ってほしい。もちろん、君のお願いを全て叶《かな》えられるわけじゃないけれど……それでも、僕は君の言葉が聞きたいんだ」

髪を撫でていた指先が滑り、頬に触れる。

地方都市で数多《あまた》の女性客を虜《とりこ》にした眼差《まなざ》しは今、ライラだけに向けられている。

「君が言うなら、女性とも普通に話をするよ。……でも、僕は絶対に君以外の女性に触れないし、靡《なび》いたりもしない。君が辛いと思うことがないよう、努力する」

「ユリウス様……。……ごめんなさい」

「ほら、謝ったらだめだよ。……ね、ライラ。顔を上げて」

とろりと優しい声に促され、ライラは顔を上げた。

首の後ろに添えられた手に引き寄せられて身を屈《かが》めると、「目を閉じて」と囁《ささや》かれる。

期待でどきどき鳴る胸の鼓動にかき消されそうなほど微《かす》かな音を立てて、唇が重なりあった。

離れる時、ほんの少し唇の皮が名残惜しそうに引っ張られた感触がして、無性に恥ずかしくなってくる。

「……顔、赤いね」

「だっ……誰かがキスするからですっ！」

「ふうん？……その誰かは、もっと君の恥じらう姿を見たいと思っている……って言ったら、怒る？」

「今言いましたよね!?　べ、別に怒りませんけど……」

「ふふ、ありがとう」

余裕たっぷりに笑われると悔しくなってきて、ぷいっとそっぽを向く。我ながら可愛らしくない仕草だと分かっているがますますユリウスの笑みは深くなり、頬に軽くキスされた。

ユリウスにキスされるのが、大好きだ。

唇にする時は、つんと触れるように。

頬にする時は、押し当てるように。

うなじや首筋にする時には、軽く音を立てて。

彼の愛情を感じられるこの時間が大好きで、だからこそ愛《いと》しい婚約者を独り占めしたい、というおこがましい願いを抱《いだ》いてしまう。

「……私、夜会できちんと振る舞います。みっともなく嫉妬したりしないし、あなたの邪魔をしたりもしません」

「……」

「でも……二人だけの時は、私だけのユリウス様で、いてくれませんか？」

ライラにとって精一杯の、おねだり。

真っ赤になってふるふる震えながらねだられたユリウスは、一瞬目を丸くした。息を呑《の》み、なぜか喉の奥から苦しそうに「んんっ」と唸《うな》る声が聞こえる。

「……それ、反則。僕だって、君を独り占めしたい。きれいに着飾った君も一生懸命背筋を伸ばす君もお菓子を食べる君も、誰にも見せたくない」

「……ヴェルネリやヘルカもだめ、ですか？」

「ヴェルネリやヘルカもだめ、だ」

「えー……」

「それくらい、僕も君のことが大好きなんだよ。……いつも僕の側にいてくれて、ありがとう。夜会も、よろしくね」

優しい声で言われ、ライラはもうっと軽くユリウスの背中を叩《たた》いてから、彼の額にこつんと自分のそれをぶつけた。

「私こそ。よろしくお願いします、ユリウス様」

「……ふふ。可愛い婚約者のためなら、ね？」

抱きしめられ、ちゅっと頬にキスをもらう。

（……それは、私も同じ）

彼のためだから、ライラも頑張ろうと思えるのだ。

＊＊＊

リスト将軍主催の夜会、当日の朝。

「ライラ様。本日のお召し物について、ユリウス様から贈り物がございます」

髪をといていると背後からヘルカに言われて、あれっと思ったライラは振り返る。

「もしかして……今日のドレスを新調してくださったの？」

「ええ、実はそうなのです」

そう言うヘルカは訳知り顔で微笑《ほほえ》んでいる。

今回着るドレスについて昨日になっても何も言われなくて、内心ヒヤヒヤしていたのだ。ヘルカなら大丈夫だと思って任せていたのだが、新調されているとは思っていなかった。

（いつの間に作られていたんだろう？　でもきっと、デザインはヘルカがしたんだろうし）

「それは楽しみね。ヘルカのデザインはいつも、素敵なものばかりだから」

「……。……それについてですが。こちらへどうぞ」

ヘルカに呼ばれ、ライラは応接間に向かった。そして、その壁に掛かっていた真新しいドレスを見て目を見開く。

そこにあったのは、深いブルーのドレス。生地には光沢があり、肌の露出が少ないデザインとなっている。

胸元だけは大きめに開いており、ふわりとした水色の生地でタックが寄せられている。袖は肘の上あたりで一度絞り、裾部分は貴婦人の持つ扇のように大きく広がるようになっている。腕を持ち上げるとはらりと布地がめくれ、二の腕が見えるはずだ。

スカート部分はベル形になっており、裾の広がりすぎない自然な膨らみを作れそうだ。布地を摘《つま》んで左腰あたりでまとめ、生地と同じ素材のリボンを飾る。それによって少し持ち上がった左下の裾からは、下に穿《は》いている白いペチコートのレース部分が見え隠れしていた。

（素敵なドレス……！　でも、あんまりヘルカらしくないデザインかも……？）

ヘルカは刺繍《ししゅう》模様にこだわりがあるようなので、彼女ならスカート部分の裾や袖口などに刺繍を入れたがりそうだ。

とはいえ、華美さを抑えて元来の素材のよさを生かした気品に溢《あふ》れるドレスは、すっかりライラの意識を持って行ってしまう。

「素敵……これ、本当にヘルカが？」

「……まずはお着替えを。ユリウス様がお待ちですので」

言葉を濁され、ドレスを壁から外したヘルカに促されて部屋に戻る。部屋着を脱がされて下着も新しいものに取り替えつつ、ふとライラはヘルカが持つドレスを見つめた。

ユリウスからの贈り物。

ヘルカらしくないデザイン。

いつぞや、大きな箱を持っていたヴェルネリと、彼への追及を阻止してきたヘルカ。

（……もしかして？）

深い青のドレスは、ライラの体型にぴったりだった。

たぐり寄せた布地などが、貴族の娘よりも太いライラの腰のラインをうまく隠してくれている。いざとなったら動きやすそうな造りになっているのもまさに、ライラのために考えてくれたデザインと言っていいだろう。

「さ、こちらを」

化粧と髪のセットも終えて最後にヘルカが差し出したのは、小さな箱に納まったペンダントだった。以前ユリウスに贈られた家紋入りのものよりもペンダントトップの宝石は小さめだが、光の当たり具合で黄色にも夕焼け空色にも見える不思議な色合いをしている。

（今日の私は青系統だけど……こういうのも差し色になっていいかもね）

ヘルカに任せれば問題ない、ということでペンダントも身につけ、ユリウスの待つ三階に上がった。

廊下にはヴェルネリがおり、ライラの上から下までを何往復か見て、「ふむ」と頷く。

「悪くありませんね。さすがユッ――」

「はい、そこまで。……ライラ様、どうぞ中へ。ユリウス様がお待ちです」

「……うん」

ヴェルネリは何か言いかけたが、ヘルカにぱしんと背中を叩かれて閉口していた。

今のヴェルネリは明らかに、ユリウスの名を呼びかけていた。

（つまり、きっと――）

ドアを開け、リビングに入る。すると窓辺に立っていたユリウスが振り返り、手入れされた長い麦穂色の髪がさらりと流れた。

彼が纏《まと》うのは、ワインレッドの冬用礼服。ジャケットの裾は長めで腰のところで少し絞っているので、彼の艶《なま》めかしい体のラインを魅力的に見せている。

ベストも濃いめの赤で、グレーのシャツののど元に飾られたクラヴァットの留め金、そして彼の髪を結ぶリボンだけは淡い紫色。彼は赤系統なのでライラの青系統とは一見相反しているようだが、どちらも暗い色合いなので案外調子が取れていそうだ。

そう、この礼服は以前、ライラがデザインしたもの。

今日彼がこれを着ると聞いて、わくわくしていたのだが――

（やっぱり……すごく似合っている……！）

だがライラが口を開くより早く、ライラを迎えるために歩み寄ってきたユリウスが頬を緩めた。

「やっぱり……とてもよく似合っているよ。君には、青色が似合うね」

「あっ……ありがとうございます……」

思わず照れ隠しでスカート部分をぎゅっと握ってしまいそうになり、慌てて手を離す。せっかくユリウスが贈ってくれたドレスを、着衣後二十分でだめにしてしまうところだった。

「あ、あの……その礼服も、とても似合っています。私がデザインしたのですが……どう、ですか？」

「これ？　すごく着やすいし、派手すぎないところが気に入ったよ。僕の髪の色にも合っているみたいだし、君の見立ては完璧だ」

「……ユリウス様もですよ」

ライラがそっと言うと、ユリウスは目を瞬かせた。そして心得たように笑い、ほんのり赤く染まった頬を掻《か》く。

「はは……もしかして、気付いていた？　それをデザインしたのは、僕だって」

「ええ、ヘルカとはちょっと違うと思っていたので」

やはり、このドレスのデザインを考えてくれたのは、ユリウスだった。

「いつもより肌の露出が少ないし、ヘルカが好きそうな刺繍もないので。ヘルカでないとしたら、ユリウス様しかいらっしゃいませんもの」

「うん、君の指摘通りだよ。……僕の冬服のために仕立屋を呼んだ日。実は僕も、自分で考えたドレスをライラに贈りたくて、仕立屋やヴェルネリに相談したんだ」

……ユリウスの美的センスは非常に独特で、彼にライラへの贈り物を任せるととんでもないことになると、ヴェルネリたちが言っていた。詳しくは教えてくれなかったが、余計なものを付けたがったり変な色合いを提案したりするそうだ。

「僕も、自分にはデザインのセンスはないと思っていたんだ。実際、君を婚約者として迎えることになった頃は、どんなものを贈ればいいのかちっとも分からなくて、ヴェルネリにも呆《あき》れられていたくらいだ。でも……仕立屋を呼んだ時は、全然違った」

ユリウスがライラの顔の両側で垂らした髪の房を手に取り、ヘルカが丹念に手入れしたその手触りを楽しむかのように軽く弄ぶ。

「色見本やドレスのカタログを見せられたけれど……すっと、頭の中でイメージが湧いたんだ。ライラにはこの色が似合う。このデザインだときっと、とても可愛らしい。それと……あまり肌を見せないものの方が、僕が嬉しいとか」

「あら……」

「だって、君のきれいな肌を見る男は僕だけでいいはずだろう。……君が笑ってドレスを着ている姿を想像すると、あっという間に案が固まった。ヴェルネリの助言もほとんど入れないまま注文したんだけど……こんなに素敵に着こなしてくれるなんて」

一瞬ユリウスの指先がライラの頬を掠《かす》め、そこがオーブンで熱せられた天板に当たったかのようにかあっと熱くなる。

ユリウスは、ライラのことを考えるとすぐにドレスの案が決められたと言う。

「……私も、です」

「ライラ……」

「私も、あなたならどんな服が似合うだろうかと考えて……決めたのです。だから、私が思っていた以上に素敵なあなたを見られて……その、嬉しいです」

もじもじしつつ言うと、ふふっと笑う声がした。ユリウスの指先がのど元を滑り、ペンダントに触れる。

「……これ、何色に見えた？」

「えっと、黄色……ですか？」

「そんなところ。じゃあ、僕のリボンとこの留め金の色は？」

「紫……ですね」

そういえば、ヴェルネリに紫色を入れてはどうかと提案されたのだ。ライラはもっと濃い色がいいと思ったのだが、ヴェルネリはライラの目をじっと見て、薄い色を——

（あっ、まさか）

「これ、ユリウス様の目の色……？」

「そう。そして、僕ののど元と首筋にあるのは、君の目の色。お互いの目や髪の色をアクセサリーに入れると仲よくなれるって、ヴェルネリに教えてもらったんだ」

ヴェルネリよくやった、と今頃扉の向こうにいるだろう魔道士に心の中で拍手を送っておく。

ライラの胸元には、ユリウスの色が。

ユリウスののど元と首筋には、ライラの色が。

（……嬉しい）

「……ありがとうございます、ユリウス様」

「僕の方こそ、ありがとう。一緒に夜会を楽しもうね」

「……はい！」


リスト将軍の邸宅は、バルトシェク家本邸からほど近い場所にあった。

馬車にヘルカを待たせ、ライラはユリウスの手を取って下車する。周りには同じように将軍に招かれた貴族や魔道士たちがおり、ライラはユリウスの腕につかまる手に力を込めた。

（……大丈夫）

ユリウスを見上げると、ライラの視線に気付いた彼が目線を落とし、ふわりと微笑んだ。大丈夫、と彼の瞳に囁かれ、ライラは頷いて前を向く。

五百人規模を招けるというだけあり、玄関ホールを抜けた先の大広間は反対側がうまく見えないほどの広さだった。

ユリウス曰《いわ》く、リスト将軍はたまにこの大広間で魔法の披露をしたり模擬試合をしたりするそうだ。それならば、この広さも納得である。

「ユリウス・バルトシェク様並びに、ライラ・キルッカ様、ご到着です」

身内だけのパーティーだった前回と違い、今回は大勢の招待客がいるため、入り口で招待状を見せた。その都度使用人が入室者の名を呼ぶので、ユリウスの名を聞いた者たちがざわめき、何百対もの目がライラたちに向けられるのを感じる。

それらの目はバルトシェク家の者たちと違い、穏やかなものだけではない。

ユリウスの見目に驚く者、うっとりする者――隣にいるライラを、睨《にら》んでくる者。

（大丈夫、俯《うつむ》いたりしない）

ライラは堂々と胸を張り、ユリウスの側にいればいい。ライラには美貌も財力もないかもしれないが、それをおくびにも出さず強がることも、社交界で生き残る術《すべ》の一つなのだ。

大柄な体躯《たいく》のリスト将軍に挨拶をしたら、挨拶回りの始まりだ。

基本的なことはユリウスが全て済ませてくれるので、ライラは彼の隣でその都度自己紹介し、問われたことだけに答えればいい。のだが。

「……まあ、ユリウス・バルトシェク様ですか？」

「お会いできて光栄です」

（……予想はしていたけれど、婚約者持ちだろうと何だろうと、貴族のお嬢様はたくましいな！）

数ヶ月前は「亡霊魔道士」と呼ばれ、名家の養子でありながら陰口を叩かれていたユリウス。

彼が見違えるほど美しい貴公子になった途端、色とりどりのドレスを纏う令嬢たちが押し寄せてきたのだ。

前にヘルカが言っていたのだが、バルトシェク家は代々優秀な魔道士を輩出してレンディア王国の発展に貢献しているため、平民階級ではあるが貴族の伯爵家程度とならば対等に渡りあえるくらいの権力を持っているそうだ。

そんなバルトシェク家のユリウスと懇意になりたいと願う貴族も、少なくない。相手が若くて見目麗しい実力者であれば、なおさらだ。

令嬢たちがユリウスに向けるのは、明らかな好意の眼差し。彼女らの中で、かつてのユリウスを馬鹿にしていなかった者はどれほどいるのだろうか。

「ねえ、ユリウス様。もしよろしかったらこの後、わたくしたちとお話ししません?」

「もちろん婚約者様もご一緒に。お二人のなれそめを是非、伺いたくて」

甘い声で囁きながら寄ってくる令嬢たち。誰も彼も例に漏れず立派な胸を持っていて、数名は明らかに、自分たちよりずっと貧相なライラの体を見てくすくす笑っている。

令嬢たちは、とてもきれいだし教養も深い。外で活動してきたライラより肌が白いし、おそらく魔道士としての素質も持っている。

淑女としての能力だって、所詮上流階級程度の平民であるライラでは、足下にも及ばないほどだろう。現にライラは、裁縫や楽器演奏などはできるが、ダンスはてんでだめなのだ。

(……でも、くじけない。ユリウス様を困らせたり、しない)

ライラが嫌がれば、ユリウスは女性たちを素っ気なく拒絶するだろう。それでこの場は切り抜けられても、今後の彼の活動に支障を来すかもしれない。

彼の足手まといになるのは、嫌だ。

無力で非力なりに、しゃんと背筋を伸ばして立っていたい。

「ですって、ユリウス様。素敵なご提案ですが、いかがなさいますか？」

ライラが小声で問うと、ユリウスは考える素振りを見せた後、ライラに微笑みを向けた。

「せっかくだけど、僕はライラ以外の女性と一緒にいるつもりはないから。……悪いけれどお嬢さんたち。僕は可憐《かれん》な婚約者だけを側に置いておきたいので、遠慮させていただきます」

「まあ……そうですの」

「残念ですが、仲がよろしいのは素敵なことですね」

「また今度、お声を掛けさせてくださいませ」

ライラの我が儘ではなくユリウスの判断で断られたからか、令嬢たちはわりとすんなりと離れていった。

(思ったより、諦めがよかった……？)

そう思って彼女らを見ていると、もう別の若い男性に熱心に声を掛けていた。

(ああ、なるほど。貴族のお嬢様は本当に、たくましいんだな)

どうやら彼女らは未婚のようだし、あそこまで割り切りがよければライラもなんだかほっとして、先ほどくすくす笑われたことも水に流そう、という気になってしまう。

それはユリウスも同じだったようで、ライラを見下ろしたユリウスはちらっと令嬢たちを見て、苦笑をこぼした。

「それじゃあ、挨拶回りを続けようか」

ユリウスに言われたので、

「はい。お側におります」

ライラは彼の腕に擦り寄り、微笑んだ。

＊＊＊

カロリーナ・カントラは、自信満々の笑みを浮かべていた。

先月ヨアキムと結婚したカロリーナは、カントラ男爵家の者としてリスト将軍の誕生日会に招かれていた。

大きく膨らんだ腹は、もうすぐ待望の第一子が生まれるという証《あか》し。所詮平民に毛が生えた程度である準男爵家出身のカロリーナにとって、貴族の血を継ぐ子を産めるというのは、圧倒的な優越感を抱けることだ。

この姿を見て、ライラは何と言うだろうか。

今晩、「亡霊魔道士」と共にライラが参加すると知ったカロリーナは、何日も前から期待で胸を膨らませていたのだ。

「カロリーナ、嬉しそうだな」

隣に立つヨアキムに言われたカロリーナは少し鼻白みつつ、すぐに笑顔を取り繕って頷いた。

「ええ、もちろん。だって……ライラに会えるのよ？」

「ああ、そうみたいだな。……まさかあのライラが『亡霊魔道士』と婚約するとは思っていなかったが、まあ、元気にやっているのかな？」

ヨアキムはのんきに言う。彼は元々ライラのことを好いていないし、婚約予定者でもなくなってからはいっそう、関心が薄れているようだ。

だが、カロリーナはそうも言っていられない。

キルッカ商会の娘で、カロリーナと同い年のライラ。

彼女との出会いは八年前の、学院の入学式だ。

ダークブロンドの髪に紫色の目のライラは、とても地味な少女だった。金髪に緑色の目、両親に蝶《ちょう》よ花よと可愛がられて育ったカロリーナと身分は近いが、似通った点の全くない同級生。

だがライラは優秀で、すぐに同級生や教師からの信頼を集めた。

男慣れしていないようなので友人は女子生徒ばかりだが、はきはきとものを言うわりに上級生にも可愛がられやすい。頼みごとをされたらはにかみながら快く引き受ける彼女は、密《ひそ》かに皆から慕われていた。

地味なくせに。

そう思ったが、ライラと友人でいると何かと便利だと気付いた。頼めば宿題も手伝ってくれるし、雑用なども二つ返事で受けてくれる。

だからカロリーナは、ライラと行動を共にすることが多くなった。

利用するだけ利用して、学院を卒業したらさっさと縁を切ろう。どうせキルッカ家程度ではろくな結婚相手を見つけられないだろうから、卒業した後も付き合うメリットはない。

だが、カロリーナたちが十五歳になり、卒業を間近に控えたところでライラとヨアキムの婚約話が持ち上がった。

キルッカ家は貴族との縁を、カントラ男爵家は金を得るための、完全な政略結婚。

それでも一応「親友」なのだからとお祝いを言ったのだが――カロリーナは、激しい敗北感を味わった。

自分より容姿で劣るライラは男爵家の次男と結婚できるのに、自分の結婚相手はまだ見つからず。

両親にねだっているのだが、なぜかあまりいい返事をもらえない。パーティーで出会った若者たちにそれとなく擦り寄っても、遊び相手にはなれても本気にはなってもらえない。

このまま、ライラに負けていたくない。だからといって、惨めったらしく地道な努力をしたくもないので、手っ取り早く楽に相手を捕まえたい。

それならば——奪えばいいのだ。

ライラに勝ち、爵位持ちの子を産むためなら手段は選ばない。

そう、実際にカロリーナは選ばなかった。

ヨアキムに接近し、彼の兄にも紹介され——

妊娠したことをヨアキムに伝えると、とても喜ばれた。彼の兄や父も喜び、もしこのまま兄嫁に子ができなければ、カロリーナが産んだ子を兄の養子にするとまで言ってくれたのだ。

そう、それがカロリーナの望んだ未来。

ライラの悔しそうな顔が見られるし、自分はいずれ——

だが三ヶ月前、ヨアキムに婚約予定を破棄された時のライラは思いの外冷静で、しかも去り際に周りの者たちに会釈をしていくものだから、後でカロリーナたちの方が「バルトシェク家の夜会で、痴話喧嘩《げんか》をした」ということで責められてしまった。

それについては非常に腹立たしい。だがあのライラはあろうことか、「亡霊魔道士」に見初められたというではないか。

「亡霊魔道士」はバルトシェク家の者だが、所詮は養子。しかも病弱のため衰えた容姿はまさに亡霊のごときで、カロリーナでは直視することもできないくらい醜いものだった。

そんな亡霊に求婚され、受けるなんて。

かわいそう、かわいそうなライラ。

カロリーナが元気な子を産む一方でライラは亡霊の花嫁にさせられ、あのおぞましい顔の男と添い遂げなければならないなんて。

そんなかわいそうなライラはあろうことか、カロリーナたちの結婚式の招待状にも父親の代筆で返事をしてきた。

彼女の父は「娘はユリウス殿の側にいたいそうなので」と書いていたが、そんな言葉さえキルッカ家の苦し紛れに感じられ、乾いた笑いが出た。

さあ、今晩はそのかわいそうなライラと久しぶりの再会だ。

なぜだか社交界の一部では、「『亡霊魔道士』が亡霊でなくなった」とかいう妙な噂《うわさ》が流れているようだが、そんなはずがない。「亡霊魔道士」から亡霊を取れば、ただの魔道士しか残らないではないか。

……そう思っていたのに。

「おっ、あれがライラかな……って。あの美男子、本当に『亡霊魔道士』なのか？」

ヨアキムがしげしげと見つめる視線の先。

そこには会場の壁際にあるソファに腰掛ける女性と、彼女に飲み物入りのグラスを差し出す男性の姿があった。

女性は、ライラだ。

濃い青色のドレスは仕立てはよいのかもしれないが、カロリーナからするとあまりに地味すぎる。

あんなものをデザインした者は、センスがないのではないか。

だが——ライラにグラスを渡し、愛おしげな眼差しを彼女に注ぐ男を見て、カロリーナは自分の世界にひびが入ったのを感じた。

艶のある金髪に、へーゼルの目。ワインレッドの礼服を着こなす背の高い男は、そこらの貴族の男性がかすむほどの美青年だった。やや線は細そうだが不健康というほどではなく、脚の長さも相まって非常に魅力的だ。

目元は少しくぼんでいるが、それすら彼に色気を与える小道具となっていた。

「……まあ、見て。あちらにいらっしゃるの、ユリウス・バルトシェク様よ」

「えっ、本当に？　ちょっと前までは、あんなに痩せていらっしゃったのに」

「どうやら、隣にお座りになっている婚約者の献身的な看護で、健康を取り戻されたそうよ。ほら、あんなに大切そうに見つめてらっしゃって」

「まあ……あんなに素敵な方になるのなら、わたくしも声を掛けておけばよかったわ」

「そうだとしても、わたくしたちで同じことができたか分からないわよ？　悔しいけれど、お似合いの二人よね」

カロリーナの近くにいた貴族の令嬢たちが、そんなことを言っている。

——お似合い？

あんなに麗しい貴公子と、たかが商家の娘で地味なライラが、お似合いだというのか？

「ふーん……いつの間に亡霊じゃなくなってたんだろうな。それにライラって、こうして見ると案外可愛──」

ヨアキムの声は、途中からうまく聞こえなくなった。

どうして。

どうしてライラが、あんなに幸せそうに笑えるのか。

少し勉強ができるだけが取り柄なのに、どうしてあんな素晴らしい貴公子の愛情を一身に受けているのか。

バルトシェク家は貴族ではないしユリウスは養子だが、彼と結婚すれば彼女も魔道の名家の一員になる。そうなると、男爵家次男の妻であるカロリーナよりずっと高みに立つことになり、生まれる子が優秀な魔道士である可能性も高く──

その時、ライラがきょろきょろとあたりを見回し、ユリウスに何か耳打ちした。

そうしてライラは立ち上がって二人してどこかに行ったが、彼女が手に持っていたバッグからハンカチを取り出していたのが見えた。おそらく、手洗いに行くのだろう。

「ヨアキム。私、お手洗いに行ってくるわ」

「ん？　そうか。俺も途中まで行こうか？」

「いいえ、大丈夫よ。あなたはご挨拶もあるでしょうから、私のことは気にしないでお話をしてきて」

よい妻を演じて言うと、ヨアキムは調子よさそうに頷いた。

本当に、扱いやすい男だ。

カロリーナはすぐに会場を出て、ライラたちの後を追った。予想通りライラは廊下を曲がった先の手洗い場に行ったようだが、カロリーナの目的はそちらではない。

おそらく近くにいるはず——と思ってきょろきょろしていたら、廊下の突き当たりの壁に寄り掛かるお目当ての人物を発見した。周りに他の人の気配はない。チャンスだ。

「……どなたですか?」

カロリーナの気配を察したらしいユリウスが、腕を組んだまま顔を上げる。

カロリーナは暗がりから出て、にっこりと愛らしい笑みを浮かべた。

「お初にお目に掛かります、ユリウス・バルトシェク様。私、ライラ・キルッカの学友のカロリーナ・カントラと申します」

「カントラ……」

ユリウスは何かを思い出すように、視線を落とす。

この時、カロリーナは気付かなかったが——ユリウスの眉間には、不快感を表すような深い皺《しわ》が刻まれていた。

「はい、カントラ男爵家の次男の妻でございます。あなたがライラの婚約者だと伺い、是非ご挨拶したくて」

「そうですか。でも僕は、あなたのことを存じております」

「まあ！　ライラが何か申しておりましたか？」

たまにはライラもいいことをするではないか、と内心ほくそ笑むカロリーナだが、ユリウスはそんな彼女に無表情で鉄槌《てっつい》を振り下ろした。

「いいえ。彼女はあなたについて、何も。……あなたは三ヶ月前、伯母上が主催した夜会であろうことか、ライラを公衆の面前で辱め、彼女を悲しませた……そうではないですか？」

「えっ？」

思いがけぬ言葉を吐かれてカロリーナがぎょっとしていると、壁から体を起こしたユリウスは冷めた眼差しを向けてきた。

「伯母上は、呆れてらっしゃいましたよ。ただ、あのような場でライラを傷つけるような行為をしたことは許せずとも……ヨアキムでしたか。あの男がライラを手放したおかげで、僕は生涯を共にしたいと思える女性と巡り合うことができた。それに関しては、お礼を申し上げます」

そう言ってユリウスはきれいなお辞儀をするが、そこに愛想は一切感じられない。

ユリウスに目を掛けてもらおうと思ってわざわざ追いかけてきたのに過去のことを蒸し返され、カロリーナはそわそわと腹を撫でながら後退する。

「え、えっと……そのことは、夫ヨアキムの浅慮をお詫《わ》びします」

「あなたご自身には非がないとお思いなのですか？　僕もあの場で、成り行きを見ておりました。

ライラを傷つけたのはヨアキムだけでなく、あなたの心ない言葉にも原因があると思われたのですが？」

丁寧だが容赦のない言葉を浴びせられて、カロリーナはとうとう言葉に詰まった。

こんなはずではなかった。

カロリーナがライラの名を出してちょっと甘えれば、大魔道士に贔屓《ひいき》にしてもらえると思って来たというのに。

ため息をついたユリウスが、歩きだす。

「あっ、お待ちになって……」

「申し訳ありませんが、僕はあなた方と懇意にするつもりは、さらさらありません。ライラはあなたのことを気にしていない……むしろもう存在を忘れかけているようです。しかし僕は、僕の花嫁となる女性に恥を掻かせたことを、許すつもりはありませんので」

ユリウスの言葉は、どこまでも冷たい。

先ほど会場で婚約者に向けていた眼差しとは正反対の凍える視線が、カロリーナに突き刺さってくる。

「……それに、あなたは既婚の身、あと懐妊もしているはず。このような場所にいらっしゃらず、ご夫君のもとに戻られるといいでしょう。僕も、そろそろライラを迎えに行きますので」

拒絶されたカロリーナは、ぱくぱく口を開閉させる。

だがすぐに、めらりと胸の奥に炎が宿った。

この男はライラに盲目になっているようだが、所詮ライラは地味でぱっとしない女だ。

ちょっとカロリーナが手を出せば、すぐに愛情も冷め——

「ああ、そうだ」

カロリーナの横を通り過ぎようとしたユリウスが、足を止めた。

彼が少し身を屈めてカロリーナの耳元に唇を寄せたので、思わずぽうっと頬を赤らめるカロリーナだが。

「……え？」

ユリウスが呟《つぶや》いた言葉。

それは、カロリーナの自信や虚栄心や将来の展望、それら全てを壊すものだった。

「……どう、して。それを……？」

「僕はこれでもそれなりに強い魔道士なので。なんとなくそんな感じはしていましたが……図星のようですね」

「……」

「女性を脅す趣味はないのですが……もしあなたがライラに危害を加えようと企《たくら》んでいるのなら、やめた方がいいですよ。ご自分の秘密を隠したままにしたいのなら……ね」

その言葉が、最終宣告となった。

絶望に目の前が暗くなったカロリーナには目もくれず、ユリウスは立ち去った。間もなく廊下の向こうでライラがユリウスを呼び、甘くとろけそうな声でユリウスが応えるやり取りが聞こえてくる。

腹部に手をやるカロリーナはその場にへたり込み、カタカタ震えていた。冷えはよくない、と分かっていても、立ち上がれそうにない。

カロリーナがライラに手を出したら、ユリウスの怒りに触れる。

そうすると彼は――「あれ」を暴露するだろう。

名家の子息と、男爵家次男の妻。

まともに戦って、カロリーナが勝てるはずがない。

「……ライラ、ライラ、ライラ……！」

憎い。

ライラが、憎い。

大人しく地味に暮らしていればよかったのに。

ヨアキムにフられたショックで引きこもっていれば、「亡霊魔道士」の求婚を蹴っていれば……

「亡霊魔道士」を生まれ変わらせなければ、こんなことにはならなかった。

自分は、悪くない。

自分は、幸せになりたかっただけなのだから。

悪いのは、ライラ。

余計なことばかりしてくる、「親友」だ。

「……そう、私が手を下したと、分からなければいい。……ちょっとだけ、ちょっと揺さぶれば、いい。大事にはならないくらいにすれば、ばれない。私は、悪くない……」

うわごとのように呟くカロリーナ。

ユリウスがいた時には淡く廊下を照らしていた星々は雲に隠れており、カロリーナの体を闇の中に包み込んでいた。

7章 ◆ 立ち上がれる理由

レンディア王国は一年を通して気温の変化が緩く、冬になっても北の山岳地帯以外は豪雪に見舞われることもない。そのため、友好な関係を結ぶ近隣諸国の者が過ごしやすい冬を求めて、旅行に来ることも少なくなかった。

そんな真冬の到来が間近に迫ったある日、ライラは改まった様子のユリウスに呼ばれて、どきどきしつつリビングで彼と向き合って座っていた。

「伯母上から手紙が届いた。僕たちの結婚の日取りが決まったそうだ」

そう言ってユリウスが差し出したのは、華やかな装飾の施された封筒。その中の便せんには、ユリウスとライラの結婚に関する準備が整ったので、来年の初夏を目安に挙式する予定だと書かれていた。

ライラがぱちくりまばたきしたので、それまではきりりとしていたユリウスはそわそわし始めている。

「……その、日取りについては僕たちの意見云々《うんぬん》はあまり反映させられないんだ。うちにも色々しきたりとかがあるらしくて……その分、ドレスとかは君の要望を極力取り入れるつもりだ」

「あ、いえ、日程に文句があるわけじゃないんです。……ただ、何というか」

そう、ライラたちの現在の関係はあくまでも「婚約者」。

同じ屋敷で寝食を共にしているが、まだ夫婦ではないのだ。

「その……もう三ヶ月近くもユリウス様と一緒に暮らしているので。そういえばまだ私たちは結婚していないんだと気付いたというか……」

「それってつまり、もう僕と結婚している気になっていたってこと？」

「そ、そんな感じです」

言いながら、頬が熱くなる。

（ま、まあ夜は一緒に寝ているし夜会にも参加しているし、実質結婚している状態かもしれないけど！）

脳内お花畑だと思われるのではないか、と思いつつそろそろと視線を上げると、ユリウスは口元を手で覆い、顔を逸《そ》らしていた。眉間には薄く縦皺《たてじわ》が刻まれ、難しい表情をしている。

「……あの？」

「……ああ、ごめん。何というか……ちょっと色々想像していた」

「どんな想像ですか？」

「今はまだ言わない。それにしても……確かに僕にとっても、君やヴェルネリ、ヘルカと一緒に過ごすこの時間が当たり前になっているところがあるね」

「やっぱりそうですか？……あ、そういえば、私たちが結婚してもヴェルネリたちは側《そば》にいてくれるのでしょうか？」

その言葉はユリウスに向けていたが、彼の斜め後ろに立つヴェルネリやライラの後ろに控えるヘルカにも投げかけているつもりだ。

ヴェルネリはまさかここで自分の名が出るとは思っていなかったようで少し目を丸くしているが、ユリウスはくすっと笑った。

「ヴェルネリたちがいなくなると、寂しい？」

「ヘルカは私の身の回りの手伝いをしてくれるので、彼女がいなくなったら間違いなく困ります。それにヴェルネリの料理を一度食べると他の料理人では満足できないでしょうし、なんだかんだ言って優しいので頼りにしています」

ライラは本心で言ったのだが、背後で嬉《うれ》しそうに笑う声の聞こえるヘルカと違い、ヴェルネリはぎゅうっと眉根を寄せて口元をもにょもにょさせていた。おまえに褒められても嬉しくない、といったところだろうか。

ライラの言葉に、ユリウスも満足そうに頷《うなず》く。

「僕も同じ意見だよ。それに二人はとてもよく働いてくれるし、伯母上もこのまま二人を魔道研究所の職員兼、僕たちの補佐として続けてもらおうと考えてらっしゃる」

「そうなのですね、安心しました。……ヘルカも、これからもよろしくね」

「もちろんでございます。ただ、まあ……時が来れば、独り身のわたくしでは力不足なことも起こるでしょうが」

少し困ったように笑いながらヘルカが言うので、振り返ったライラは首を傾《かし》げる。

「えっ？　ヘルカが独身だったらできないことがあるの？」

「それはもちろん。ライラ様は名家の奥方になられるのですから、お子様が生まれた際には乳母が必要になるでしょう？」

「あ」

確かに、そうだ。

ライラの実家は市民階級なので、家事をしてくれるメイドはいたが乳母はいなかった。もちろんライラに記憶はないが母が乳を与えてくれたと思うし、その後も家庭教師が付いたことはあるが、いわゆる子守女中はおらず、母が面倒を見てくれたはずだ。

一方のバルトシェク家は貴族ではないが、魔道の大家。となると貴族の家と同じように、子どもの世話は子守女中や乳母が行うことになるのだ。

（そっか……私は自分で子どもを育てたいけれど、我《わ》が儘《まま》は言っていられないな。ユリウス様はどう思われているんだろう）

そう思って前を向いたライラは、中途半端な姿勢のまま固まった。

いつも涼しそうな顔をしているユリウス。

そんな彼の頬がほんのり赤く染まり、ライラと視線が合うと恥じるようにさっと逸らされたのだ。

（……え？　何この反応？）

「……あのー？」

「……い、いや、ごめん。何でもないから、今は突っ込まないでくれるかな？」

「……」

「……お願い」

「……分かりました」

なんとなく彼の言いたいことが分かったので、ライラは大人しく従った。

そのまましばらくの間、部屋の中には甘いような酸っぱいようなくすぐったいような空気が流れ、ヘルカが咳払《せきばら》いしたことで膠着《こうちゃく》状態が解けた。

「まあ、それはいいとして。挙式は初夏予定とのことですが、わたくしたちもおいおい準備を進めるべきでしょうね」

「あ、ああ、うん、そういうことだ。大半のことは伯母上たちがしてくださるけれど、招待状を送ったりドレスの準備をしたりということは、春になる前には始めなければならない。ライラにも色々無理を言ったりすると思うけれど、頼むよ」

「ええ、もちろんです。私たちの式ですもの。張り切って準備しますよ！」

ライラが元気よく言うと、少しずつ頬の赤みが引いていったユリウスもふわりと微笑《ほほえ》んだ。

（私、ユリウス様のこの笑顔が好きだな）

婚約状態の今でも十分満たされているというのに、結婚するとどうなるのだろうか。

（身近に結婚している人がいれば、参考になる話を聞きたいところだけど……あっ）

そこで思い出したのは、かつての友人だった女性のこと。

彼女とはもう、何ヶ月も会っていない。少し前に結婚式の招待状が送られてきたそうだが、ライラの心情を慮《おもんぱか》った父が代わりに欠席の連絡をしてくれたきりだ。

（……うん、カロリーナに聞けるわけがない。今度一旦実家に帰って、学院時代の友だちに連絡してみようかな）

＊＊＊

木枯らしの吹くある日、ユリウスはヴェルネリと一緒に王都の魔道研究所に行くことになった。

「あそこに行くのも久しぶりだからね。これまで手紙でやり取りはしていたけれど、やっぱり直接皆と話をしたくて」

先日仕立てた冬物のコートを羽織ったユリウスが言うので、彼の着替えを手伝っていたライラは頷いた。

「お戻りは夜になりますか？」

「魔道研究所は王都の隅にあるから、今回は飛んでいく。だから夕方には戻ってこられると思うし……今日は、近くの町に食事に行こうと思うんだ」

「外食ですか？」

ユリウスの細い腰にウエストポーチを付けたライラが顔を上げると、ユリウスはふふっと笑った。

「そう。実はもう、予約しているんだ。夕方までヴェルネリを振り回すから、彼に夕食の仕度をさせるのは忍びなくて。たまには僕たち四人で外食に行くのも楽しいかなって思うんだけど、いいかな？」

「もちろんです！」

ライラは元気よく答えた。

思えば、両親や友だちと一緒に食事に行くことはあったが、夜会以外でユリウスたちと外で食べたことはほとんどない。あるとしても仕事の都合で寄るくらいだから、食事のためだけに外出するというのは初めてだ。

（ヴェルネリとヘルカもいるなら、護衛も十分だし……楽しみ！）

「ふふ、ライラ、子どもみたいに目がきらきらしている」

「そ、それは、とても楽しみなので！　それじゃあ、遅くなりすぎずに戻ってきてくださいね」

「もちろんだよ。ライラも、お腹《なか》を空《す》かせて待っていてね」

ユリウスが言ったところで、ライラが彼のコートを整え終えた。

振り返ったユリウスはライラをぎゅっと抱きしめると、首筋に顔を埋《うず》めてくる。

「……ここ、キスしていい？」

「えっ!?　く、首ですか!?」

「うん」

急な提案に声がひっくり返るが、雑に考えれば首も頬も唇もライラの肌という点では同じだ。

ヘルカの趣味らしいロマンス小説には「痕を付ける」なる言葉があったし、ライラもその存在は知っていたが、ユリウスがキスした時に痕を付けられたことはない。

おそらくだが、知らないのだと思う。

（……それなら、まあ、いいかな？）

「……いいですよ」

「ありがとう」

首筋でくすっと笑われたので体中に痺《しび》れが走り、ライラは唇を噛《か》んで堪える。

そうしていると少し顔の位置をずらしたユリウスがライラの左の鎖骨付近に唇を寄せ、軽く押しつけるだけのキスを落とした。

「……ライラ、いい匂い。ずっとこうしていたい」

「ユリウス様、魔道研究所！　仕事！　夜の約束！」

「……はは、了解。じゃあ名残惜しいけれど、行ってくるね」

苦笑してライラから離れたユリウスは、それまで壁際で待機していたヴェルネリに声を掛けた。

彼の隣にはヘルカもおり、ヘルカは目を細めてこちらを見ていたが、ヴェルネリは直立不動の姿勢のまま眼球だけ真横を向いている。

ユリウスとヴェルネリが例の馬なし馬車に乗って飛んでいくのを見送り、ライラはふうっとため息をついた。

「欲求不満……ですか?」

「ひっ!? そ、そういうわけじゃないわよ!」

音もなく背後に忍び寄ってきていたヘルカに言い返すと、彼女はくすりと妖艶に笑って、少し濁った冬の空に消えていく馬車を見つめた。

「ユリウス様も、本当によく我慢してらっしゃることです。ヴェルネリの話では、昔のユリウス様は今ほど我慢ができなかったそうなので」

「えっ、そうなの?」

「と言いましても、温厚なユリウス様のことですから、いきなり怒ったりなどはなさいません。どちらかというと、思ったことをその場ですぐに口になさり、したいと思ったことをすぐなさり……他人に迷惑を掛けない程度にふわふわ自由自在だったというところでしょうか」

「ああー……分かる気がするわ」

とはいえ。

（ユリウス様……我慢してらっしゃるの？）

それは、何に対して？

何をしたいけれど、我慢しているのか？

じっと考え込むライラを見て、ヘルカはくすくす笑う。

「いつかきっと分かりますよ。そうですね……来年の夏、結婚なさった後には」

「……」

「さ、今日は昨日の読書の続きをなさるのでしょう？　書庫に参りましょうか」

「う、うん」

色々と、知りたいような、知ったら後悔するような。

ユリウスについての悩みは尽きないが、こうして悩むことも幸せなのだと、ライラは思った。


ヘルカと二人だけの屋敷は静かで、時間もゆっくり過ぎていくようだ。

「まあ……ライラ様。アントン・キルッカ様からお手紙ですよ」

「えっ、父さんから？」

ヴェルネリが作り置きしていた料理をヘルカが温めて昼食として食べていたら、銀盆に手紙を載せてやって来たヘルカが言った。そういえばそろそろ、郵便が来る時間だ。

いつもなら山盛りの手紙を選別するのはヴェルネリの仕事だが、今日はヘルカが代わりにやってくれるらしく、彼女は一通の封筒を抜いて差し出してきた。

「郵便係曰《いわ》く、近くの町に寄った際にキルッカ商会の関係者から託されたそうです」

「そうなのね。父さん、何かあったのかな」

ちょうど、学院時代の同級生の結婚状況について確認したいと思っていたところだ。

急ぎ中を確認するとそこには父の字で、現在仕事のために近くの町に寄っているので、これから屋敷を訪問してもいいか、と書かれていた。

（なるほど……だから急ぎ書きっぽい字なのね）

そういえば両親は一度も、この屋敷に来たことがない。今日は残念ながらユリウスは外出中だが、ヘルカと一緒に父をもてなすくらいならできそうだ。

「父が近くの町に来ていて、ここに寄りたいそうなの」

「……父君が、こちらへ？」

それまではすいすいと手紙を選別していたヘルカの手が止まり、澄んだ茶色の目に見つめられてライラはどきっとした。

「……それは本当に、父君の直筆ですか？」

「う、うん。この、私の名前を書く時の癖が同じだから」

「……。……そうですか」

ヘルカは疑《うたぐ》り深そうな顔でライラから手紙を受け取り、しげしげと眺め始めた。

(……何だろう。父さんからの手紙じゃないかもって疑っているのかな……？)

「……父さんからの手紙、そんなにおかしいかな？」

「おかしくはありません。ただ、近況報告でしたらライラ様宛てなのも分かりますが、邸宅を訪問したいという旨であれば普通、ユリウス様宛てになさるものではないかと思いまして」

「……それは、まあ、そうだけど」

(父さんも急いでいたみたいだから、つい私宛てにしちゃったくらいかと思ったけど……)

ライラがそわそわと見守っている間、ヘルカは封筒を撫《な》でたり指先で突《つつ》いたりしていた。

だがやがて小さく唸《うな》った後、それをテーブルに置く。

「……妙な魔力は感じられませんね。しかし、ユリウス様のご不在時にライラ様が屋敷の敷地から出られるのには不安がございます。庭まではユリウス様の結界がありますがご本人との距離が離れているため強度には不安があるので、その外となると……」

ヘルカの言葉に、ライラはごくっと唾を呑《の》む。

ライラ自身は非力な平民の女だが、ユリウスの婚約者という肩書きがある。

ユリウスのことを快く思わない者だっているのだと、ヘルカからも教わっていた。

(確かに……そうだよね)

「分かった。でも、この書き方だとこのまま向こうから来そうだし……ヘルカに対応をしてもらっていい？」

「ええ、わたくしもそう申し上げようと思っておりました。ライラ様には屋敷の中にいていただき、父君のご本人確認が取れましたらお招きします」

「……うん、お願い」

固い声で応じたライラは、手紙をじっと見た。

いくら見てもそれは、ライラが子どもの頃から見慣れた父の字で書かれていた。

＊＊＊

ユリウス・バルトシェクは皆の注目を集めていた。

「おお、久しぶりだな、ユリウス殿！　健康になったのは事実だったようで、嬉しく思うよ！」

「お久しぶりです。これからはしばしば研究所に来られそうなので、よろしくお願いします」

「あら、ユリウスじゃない！　相談したいことがあったのよ！　後でいい？」

「もちろんだよ。僕も報告したいことがあったんだ」

「ユリウス様、お噂《うわさ》はかねがね。婚約者のご令嬢と仲睦《むつ》まじいようで、何よりでございます」

「はは、本当にそうなのですよ。今度機会があれば、ライラを紹介しますね」

そしてヴェルネリはそんなユリウスの一歩後ろを影のようについていきながら、すれ違う人たちに声を掛けられる主人のことを誇らしく思っていた。

ユリウスは魔力過多の体質ゆえ苦労してきたし、魔道研究所にもあまり顔を出せなかった。

だが彼の誠実で優しい人柄は多くの者に受け入れられており、自分が仕える青年はこれほど人徳のある御仁なのだと思うと、ヴェルネリも鼻が高い。

といっても、ヴェルネリも暇ではない。ユリウスが次々に「じゃあ後で話を」「うん、後で資料を送って」と言うので、それらの用件をメモしながら歩かなければならない。すぐに彼のノートはユリウスの対応予定者と内容でいっぱいになり、新しいページを捲《めく》るたびに充足感に包まれた。

……だが。

「ユリウス様、本当にこれだけの人数の対応をなさるのですか？」

研究所の客室にてヴェルネリが言うと、ソファに座ったユリウスはけろっとして頷く。

「もちろん。皆が僕に相談したがるだろう内容やその答えはもう頭の中に入っているから、後はそれを説明するだけだ。一人一人にそれほど時間は必要ないよ」

「……それはそれは」

「ただ、そろそろライラが足りない」

少し身を屈《かが》め大きなため息をついて言われたので、ヴェルネリの手がぴくっと震える。

「……ま、まさか魔力過多に……？」

「それはまだ大丈夫。そうじゃなくて……ライラ成分が足りない、って言うのかな。こう、抱きしめてたくさんキスをしたくなってきた」

こう、と言いながらユリウスはライラの身長くらいの位置に右手をかざす。ライラ成分、とは、ヴェルネリが普段食事の献立を作る際に参考にする栄養価のような言い方をするものだ。

とにかく、残念ながらヴェルネリではライラの代わりになれない。魔法による幻影は作れなくもないがあくまでも幻なので、それを抱きしめることはできないのだ。

「……まずは、予定を全てこなしてください。ライラ様との約束通りに夕方頃に戻られたら食事をご一緒し、就寝なさる際に今おっしゃったことをすればよいのでは」

「そうだね、そうだよね。……うん、頑張らないと——」

そこでユリウスはさっと顔を上げ、何もない虚空をじっと見つめた。

主の急な変化にヴェルネリはさっと気色ばみ、何か魔力の気配がないかすぐに周囲を警戒するが、これといった異常はなさそうだ。

「……ユリウス様？」

「今、屋敷の結界が破られた」

ユリウスの告げた言葉は、ヴェルネリの手からノートを落とさせた。

＊＊＊

——頭が痛い。体中が激痛で悲鳴を上げている。

ぐいっと腕を引っ張られた。痛い。

だが、悲鳴は言葉にならない。

（嫌だ、嫌だ！　ここ、どこ？　私は……何をされているの？）

涙でかすむ視界では、周りの状況を把握することもできない。分かるのは、ここが慣れ親しんだユリウスの屋敷ではなく、知らない場所であることくらい。

（何、私、どうして……ヘルカ、ヘルカはどうしたの!?）

激痛で意識がもうろうとする直前に聞こえたのは、ヘルカの悲鳴と何かが壊れる音。

ヘルカの声は当然もう聞こえず、代わりに知らない男たちの声があちこちから聞こえてくる。

「……だな。さては、この女にも価値が……？」

「だろう。……も、じきに来るだろうが、使えるところは使っておけ」

「『兵器』の部屋に？……ああ、……だからか」

「そうだ。……おい、おまえ。立て」

命じられたが脚に力が入らず、舌打ちした誰かに担がれた。

これまでユリウスにしか触れられたことのない腰に知らない男の手の感覚があり、頭痛の中で吐き気さえ催してしまう。

（気持ち悪い……頭、痛い……前が、見えない……）

誰かの肩の上でぐらぐら揺れながら移動すること、しばらく。

（……これは、子どもの泣き声？　それに、何かが壊れる音……？）

「ここに入っていろ」

乱暴に言われた途端、ライラの体は宙に投げ出された。受け身を取ることもできずどさっと肩から倒れ込み、頭がぐらぐら揺れる。

（……ここは？）

痛みのせいか、それまでかすんでいた視界がようやく晴れた。手を突いて上体を起こしたライラは、目の前でぐずぐず泣く子どもたちを見つけて、ぎょっとする。

ライラが放り込まれたのは、狭い小部屋。四方を黒っぽい色の壁で囲まれており、窓はない。天井から下がる照明だけが、この部屋の光源だった。

その部屋の隅に、五人の子どもたちがうずくまっていた。年は、三歳から七歳くらいまでとまちまちで、皆髪が伸び放題でぼろぼろの服を着てひどく痩せているので、性別も分からない。

病的なほど細い手足がかつてのユリウスを想起させてぞくっとし、ライラは慌てて振り返った。

ライラを放り込んだらしいローブ姿の男は今まさに、鉄格子のようなドアを閉めようとしている。

「ま、待って……！」

「女、死にたくなければ大人しくしていろ。それから、そのガキどもをどうにかしろ」

「どうにかって……」

抗議しようとした途端、男はぎょっとすると急いで鍵を閉め、足音も荒く去ってしまった。

「ちょっと……！」

呼び止めようとしたライラだが、背後の異様な気配に気付いて振り返った。

泣く子どもたちの髪が、ふわりと逆立っている。

風もないのに髪を靡《なび》かせる子どもたちは皆、ぜえぜえと息をついており――

『……とてもじゃないけど、楽な時間ではない。息が苦しいし、吐きそうになるし、体中の痛みで涙が出る。その涙も、あっという間に枯れ果ててしまう』

がりがりに痩せていた頃のユリウスの暗い横顔が脳裏を掠《かす》めた途端、ライラは子どもたちに駆け寄っていた。

長い間不衛生な場所にいたのだろう、ぼろぼろの上に傷だらけの子どもたち。

――その顔に、ユリウスの顔が重なる。

ライラは腕を広げ、子どもたちを抱きしめた。あまりに子どもたちが細くて小さかったのでライラの体でも十分、五人をまとめて抱きしめることができた。

（もし、もしも、この子たちが――ユリウス様と、同じ症状を持っているのなら）

痩せ細った体と、苦しそうに喘《あえ》ぐ姿。

風もないのに髪が逆立っていたのが、溜《た》まりすぎた魔力が暴走を起こしかけているからだったら

――

ぎゅっと子どもたちを抱きしめていると、逆立っていた髪が落ち着き、子どもたちの震えも収ま

る。ライラの予想は、当たっていたようだ。

（よかった……）

どうしてこんな暗くて狭い場所にユリウスと同じ体質の子が集められているのかは、分からない。

そしてここがどこなのか、ヘルカが無事なのか、これからどうなるのかも、分からない。

（分からないことだらけだけど……私がこの子たちの苦しみを取り除けることだけは、事実だった）

「……大丈夫？　もう、苦しくない？」

ライラが優しく声を掛けると、子どもたちが顔を上げた。

色の違う五対の目が、ライラをじいっと見上げ――

「……ママ」

「えっ？」

「ママ、ママ！」

一番幼そうな子どもが掠れた声でライラを呼んだ途端、他の子どもたちも「ママ！」「かあさん！」とライラにすがりついてくる。

まるで、ライラの温《ぬく》もりを求めているかのように。

ライラの体質によって体が楽になることを、願っているかのように。

自分は母親ではないが、か細い声で母を呼ぶ子どもたちを拒絶できるはずもなく、ライラはぐっと唇を噛みしめて子どもたちを抱きしめていた。

＊＊＊

屋敷に張っていた結界が破られた。

そう言った直後、ユリウスは窓ガラスを蹴破って屋敷の方へ飛んで――いったりはしなかった。

彼は硬直するヴェルネリをよそに目を閉じて数秒沈黙した後、ヴェルネリの名を呼んだ。

「君は先に屋敷に戻り、状況を確認してくれ」

「……ユリウス様は？」

「皆に予定の変更を詫《わ》びてから所長に報告し、調査隊の同行の許可をもらった上で戻る。ヴェルネリは先に戻って、ライラとヘルカが無事かどうか確認してくれ」

「……はっ」

正解だ、とヴェルネリは胸を熱いもので満たしつつ、部屋の窓を開けてたんっと窓枠を蹴った。

自分一人なのだから、馬車を浮かすよりこちらの方がずっと速い。

……だがそれでも。

ヴェルネリが全力で飛んだとしても、王都から屋敷まで二十分は掛かる。

かつてないほどの速度で空を飛び、汗を流し息が切れながらもやっとヴェルネリが屋敷にたどり着いた時、そこは異様なほどの静寂に満ちていた。

普段、ユリウスは屋敷に結界を張ったりはしない。結界を張ると、普通の来客や業者の者まで弾《はじ》いてしまうからだ。

だが今日はライラとヘルカを残していくということで、結界を張って出発した。術者であるユリウスが屋敷から遠く離れれば離れるほど効果が薄くなると分かってはいたが、何もしないよりはましだと思って。

そんな結界には、大きな穴が開いていた。外側から、複数人の魔法で無理矢理破ったことが分かる雑な破壊のしかたで、ヴェルネリは舌打ちした。侵入者の目的が屋敷の破壊や物取りではなかったのは、屋敷がほとんど壊されていないところから予想できる。

損傷がひどいのは、正面門付近。そこでおそらくヘルカと侵入者が最初に魔法をぶつけあい――ヘルカが負けたのだろう。

「……ライラ様、ヘルカ！」

ヴェルネリ、と笑顔で呼ぶ二人の女性の顔が頭を過《よ》ぎり、ヴェルネリは正面から破られた玄関を抜けた。

そして、破壊の跡の続く一階廊下の先で倒れるプラチナブロンドの女性の姿を見た途端、体の芯から凍えるような恐怖と激しい怒りで目の前が真っ白になった。

「ヘルカっ！」

ひとっ飛びでヘルカのもとまで向かい、俯《うつぶ》せに倒れていた彼女を抱き起こす。

体が冷たくて喉ががくっとのけぞった瞬間には心臓が止まるかと思ったが、微《かす》かな息づかいの音が聞こえて目尻が熱くなった。

「ヘルカ、おい、ヘルカ！　何があった！　ライラ様はどうした！」

「っ……怪我人《けがにん》なんだから、もうちょっと優しくしてよ……」

大声で怒鳴ると、身じろぎしたヘルカがぼそっと言った。

こんな時でも憎まれ口を叩《たた》くことを忘れない同僚をぎりっと睨《にら》み付け、肩を揺さぶる。

「うるさいっ！　おい、おまえがこんな姿なら、ライラ様は……」

「……ごめん、なさい。ライラ様……お守りできなかった……」

掠れた血の付いた唇が悔しそうに囁《ささや》いたため、ヴェルネリはぎりりと歯を噛みしめると素早くヘルカに回復魔法を掛けた。

「しっかりしろ！……もうじきユリウス様が、研究所の調査員を連れて戻ってこられるはずだ。分かることだけでいいから、今話せ」

「……ライラ様の父君の名を騙《かた》って、魔道士たちが押し寄せてきたの。ライラ様は蒸留室《スティルルーム》に、隠れてらっしゃったけれど……」

ヴェルネリは頷き、少しずつヘルカの傷を癒す光に彼女を託してその身を床に横たわらせた。

そして半地下にある蒸留室に向かい――そのドアが魔法によって大破され、粉々に砕けた調理器具が散乱している中、魔力の気配の強い場所を見つけてさっと跪《ひざまず》いた。

きっとライラはヘルカに言われ、この戸棚の陰に隠れていたのだろう。

だがヘルカが倒されて、見つけ出され――

「魔法で飛んだか……行き先は……チッ、読めん……！」

ここで強力な魔法が使われたのは分かるが、あいにくヴェルネリの力では、ライラを連れた者たちがどこへ逃げたのか分からない。

だが、焦る必要はない。

ヴェルネリには不可能でも、ユリウスなら。

生まれながらに類《たぐ》い希《まれ》なる能力を宿し、名門バルトシェク家の教えを受けた彼なら――

その時、にわかに外が騒がしくなった。

ユリウスが来たのだ、と気づいてすぐに廊下に出るとはたしてそこには、コートをはためかせて走ってくるユリウスの姿があった。調査員の姿はないが、そもそもこれだけの短時間で屋敷にたどり着けるのはユリウスくらいだろう。

「ユリウス様、こちらへ」

「助かる。……ヘルカを運んでやってくれ」

真顔のユリウスに言われて、ヴェルネリは一瞬戸惑ったもののすぐに命令に従った。廊下に横たわって気を失っているヘルカの体を抱え、すぐ近くにある彼女の部屋に連れて行く。

ぐったりする体をベッドに寝かせ、血や埃《ほこり》の付いた頬も拭ってやる。そうしていると庭の方から複数の人の声が聞こえてきた。調査員が遅れて到着したようだ。

ヴェルネリは蒸留室に向かったが、戸棚の脇でじっとうずくまるユリウスを見て、声を掛けようか迷ってしまった。

「……ユリ――」

「東、オルーヴァ王国の方向だ」

ヴェルネリの呼びかけを遮って、ユリウスが淡々と言う。

ヴェルネリは息を呑み、やはりそういうことになったのか、と歯がみした。

「……魔力の気配がありますか」

「それもあるが、ライラの体に染みついた僕の魔力の気配がする。オルーヴァの方角だが、距離はそれほど遠くない。……ミアシス地方周辺だ」

途中、よその者が聞けば目を剝《む》くような発言を挟みつつ、ユリウスは冷静に言う。

だが「ミアシス」の名を口にするのに、どれほどの覚悟が必要だったのか。

ユリウスの過去《・》を知るヴェルネリは、ローブの胸元をぎゅっと握った。

「……調査員が来ております。いかがなさいますか」

「……」

「ユリウス様」

「……ヘルカは無事だったのだな」

いきなり問われて拍子抜けしたが、すぐにヴェルネリは頷いた。

「はい。負傷しておりましたが意識があり、今は回復魔法を掛けた上で部屋に寝かせております」

「そうか、よかった。……それじゃあ、少し、席を外す」

そう言うなり立ち上がったユリウスがさっさと蒸留室を出たので、慌ててヴェルネリは彼の後を追った。

「せ、席を外すとは……？」

「悪いが、調査員への報告と捜索依頼は君に任せる。僕は……離れに行ってくる」

離れ――そこは、ライラを迎える以前の、ユリウスにとっての寝室。

家具も何もない、ただユリウスが魔力を発散するためだけにある部屋。そこに自ら行こうとする理由がすぐに分かり、ヴェルネリは主人の背中をじっと見つめた。

ユリウスは、冷静なのではない。冷静になろうと、必死に自制しているのだ。

本当なら、オルーヴァまでひとっ飛びしてライラを助け出したいはず。そして、彼ほどの魔力の持ち主なら、それも不可能ではない。

だがそれをせず、むしろ十分にある魔力を自ら削ろうとしている理由は――

「今僕が出れば、我慢できずに東へ飛んでしまう。そうすると、僕は国の許可なく国境を越えることになる。……これでは、連中に侵略戦争を吹っかける理由を与えてしまう」

そう、彼が恐れているのは、感情のままに行動したことでオルーヴァが戦争を起こすきっかけを作ってしまうことだ。

ライラを誘拐した者はおそらく、オルーヴァの魔道士だ。だがそれを立証する方法は今はなく、ただユリウスが婚約者の救出のために川を越えればどうなるのか。

それが分かっているからこその、発言なのだ。

「……はっ。方々への報告、そしてオルーヴァに向けた国王公認使節団派遣の申請など、このヴェルネリにお任せください。お心が整われましたら、ユリウス様にも加わっていただきたく存じます」

「ああ、ありがとう。……頼んだ」

早足で離れへ向かうユリウスを見送り、ヴェルネリはいつもは感情に薄い瞳に決意の炎を灯《とも》した。

ユリウスはやはり、賢い男だ。ヴェルネリが忠言せずとも、事の次第をよく分かっている。

だがユリウスはどれほどの思いで、婚約者の一秒も早い救出を諦めたのだろうか。

冷静であろうと努める仮面の下で、婚約者より国の安定を優先した決断に、どれほどの苦痛を感じたのだろうか。

そんな彼に「頼んだ」と言われた。

苦渋の決断をしたユリウスのため、そんな彼の愛するライラのため、そして必死になって戦ったヘルカのため――ヴェルネリは、歩きだした。

＊＊＊

薄暗い部屋にて。

「……ユリウスさま？」

「そう、ユリウス様。ママは、その人ともうすぐ結婚するのよ」

五歳程度の女の子に問われて、ライラは笑顔で頷いた。

暗い部屋に閉じこめられていた子どもたちはライラのことを「ママ」と呼び、しっかりしがみついてくる。

ライラは少しでも彼らの気晴らしになればと思って、自分のことを話していたのだ。

「ユリウスさまって、どんなひと？」

「とっても強くて格好よくて、素敵な人よ」

「ママは、ユリウスさまのことがすきなの？」

尋ねてきたのは、五人の中で最年長と思われる七歳程度の男の子。

枯れ木のように細い手足を見ると嫌でも、出会って間もない頃のユリウスの姿を思い出す。

この子たちと同じように、魔力過多で苦しんでいた頃のユリウスを。

ユリウスのことが好きか、と問われたライラは迷うことなく頷いた。

「ええ、とても好きよ」

ライラに興味を持った子どもたちはあれこれ質問してくるが、ライラの方はどうしても短めの返答になってしまう。

おそらくこの子たちはかなり長い間、ここに閉じこめられている。

ここから出られるという保証もない子どもたちに対する言葉掛けは、慎重になる必要があった。

（ここに放り込まれて、三時間くらいかな……）

子どもたちにせがまれてレンディア王国の民謡を歌いながら、ライラは考えを整理させていた。

父からの手紙を訝《いぶか》しんだヘルカの指示に従い、ライラは蒸留室に隠れていた。だが凄《すさ》まじい爆音が鳴り響き、黒いローブを纏《まと》った侵入者たちがあっさり部屋に押し入り、ライラを隠れ場所から引きずり出した。

そうして窓を破壊した侵入者に連れ出されたのだが、空を飛んで連れて行かれる直前、蒸留室の前の廊下でライラの名を呼ぶヘルカの声が聞こえた。

きっと、ヘルカは無事だ。ユリウスの張った結界を破ったのなら、術者であるユリウスはすぐに感づくはず。もしライラの誘拐が目的だったのなら、いち早く逃げなければならないのだから。

だが魔道士でないライラはもちろん、自分の名前が分かっているかどうかすら危うい子どもたちも、ここがどこなのか分からない。優秀な魔道士であるユリウスがすぐに場所を特定し、捜しに来てくれることを祈るばかりだ。

（でも……何だろう。すごく、嫌な予感がする）

あんなに派手に結界を壊して、ヘルカも倒し、立つ鳥跡を濁しまくっていれば当然、場所を特定されるのも早いだろう。

ここでユリウスがすぐに感づき、とんとん拍子に助けに来て――本当に正解なのだろうかと、逆に不安になってくる。

（私が囮《おとり》だってことも、十分考えられる。もし、より誘拐しやすい私を連れてくることで、ユリウス様をおびき寄せようとしているのなら……）

――ライラを見捨てるのが、正解なのかもしれない。

思わずうっと呻《うめ》いてしまい、歌の途中で咳《せ》き込んだライラを、子どもたちが心配そうに見上げてきた。

「ママ、どうしたの？」

「いたいの？　ママもいたいの、なおらないの？」

「だ、大丈夫よ。ママは元気だから――」

子どもたちを元気づけようとしたところで、がしゃんと鉄格子の鳴る音がした。

子どもたちがびくっと身をすくませたので、ライラは彼らを背中に庇《かば》うように膝立ちで扉の方に向かった。鉄格子が、ゆっくり開く。

「飯だ。死なれたら困るから、食ってろ」

開いたのはほんのわずかな隙間のみで、そこからずた袋のようなものが投げ込まれた。

ぽすっと音を立てて床に潰れたそれに、子どもたちが群がっていく。

「ごはん、ごはん！」

「ママ、ごはん！」

「え、ええ……」

一斉に袋に群がる子どもたちだが、どう見てもあの袋の中に子ども五人と大人一人分の食料があるとは思えない。そもそも、音が軽すぎる。

そうして子どもたちが袋を逆さまにしたことで、出てきたのは——

（……落ち葉と朽ち木？）

申し訳ないが、ライラの目から見ればとても「ごはん」には思えない、しなびた野菜だった。

子どもたちはそれらを慣れた手つきで仕分けしていたが——ちらっと、ライラの方を見てきた。

五対の瞳に戸惑いの色が滲《にじ》んでいるのが分かり、ライラは笑顔で首を横に振る。

「ママは大丈夫だから、みんなで分ければいいわよ」

「……うん」

大人で体の大きいライラをどうするか、食料を分けなければならないのか——

飢えている子どもたちの食欲と罪悪感の間で揺れる瞳を見ていられなかったのでそう言うと、子どもたちはほっとした様子で枯れ野菜に食らいついた。

罪悪感なんて、感じなくていい。

ライラは昼食を食べているので、まだ腹に余裕がある。水さえあれば、もう半日くらいなら十分保《も》つだろう。

あのような野菜でさえ、子どもたちにとっては貴重な食料なのだ。

あんなものばかり食べていたら、野菜嫌いになりそうだが——

（えっ？）

ぱちり、とライラはまばたきする。

脳裏に浮かぶのは、暖かなリビングのソファで微笑むユリウスの顔。

——そうだったのか、とライラの胸に痛みが走る。

この子たちは、体質がユリウスに似ているだけではない。

彼らはまさに——十五年前のユリウスなのだ。


薄暗い部屋の中にいると、時間の流れも分からなくなる。

ライラが部屋を出ることを許されたのは、用を足す時のみ。幸か不幸かこの黒ローブ集団の中には女性もいたようで、彼女に見張られながらにはなったが。

（男に見られていたら、私は社会的に死んでいた……）

手洗いに行くだけでげっそり窶《やつ》れた気持ちになりつつあの部屋に戻ったライラだが、間もなく、イライラしたような声が聞こえてきた。

「……使節団だと？　おい、読みが外れただろうが！　どうするんだ！」

「こうなったら、『兵器』を放り込んで事故に見せかけるしかないだろう！」

怒鳴りあう声が聞こえた直後、乱暴に扉が開かれた。うとうとまどろんでいたらしい子どもたちが跳ね起き、助けを求めてライラにすがりついてくる。

「ママ、ママぁ……！」

「……一体何なのですか」

子どもたちに抱きつかれたライラが冷静に問うと、押し入ってきた男たちはなぜか、感心したようにライラを見てきた。

「……本当に、魔力吸収体質なんだな」

「あの魔道士、とんでもない人材を嫁にしたもんだ」

あの魔道士とは多分ユリウスのことだろうが、まだライラは彼の嫁ではない。

そう思ったが教えてやる義理はないので静かに睨んでいると、男の一人がずかずかと入ってきて、子どもたちを順に眺めてきた。

品定めをするような眼差《まなざ》しに耐えられず、子どもたちは丸くなってカタカタ震える。

どうか、自分は選ばないで。

見逃して。

そんな、声にならない悲鳴が聞こえてくるようで——

「……よし、こいつでいい」

「いやぁっ！」

猫の子を持ち上げるようにつかまれたのは、六歳くらいの男の子だった。

五人の中では一番のしっかり者のようで、最年少の子の面倒なども見ていた。

「やぁ！　ママ、ママ！」

つかまれた男の子が、叫んでいる。

自分は選ばれずに済んだ子どもたちも、ぶるぶる震えながら男の子を見ていた。

ぎりっ、とライラの胸が悲鳴を上げる。

……何が正解なのか、ライラには分からない。

だが——

「……待って！」

「……何だ？」

扉が閉まろうとした刹那、ライラは立ち上がった。

（……この子を放っておけば、きっと私は後悔する）

正解が分からなくても、今自分がするべきだと思うことをしたい。

ライラは大股で扉の前まで向かうと、自分の胸に手を当てた。

「その子をどうするのか分かりませんが、私も連れて行ってください」

「は？」

「さては貴様、逃げるつもりだな？」

男にドスの利いた声で脅され、ライラはびくっとした。だがこれくらいの脅し、なんてことない。

本気でイライラした時のヴェルネリは、もっと怖かった。

たとえ自信がなくても虚勢を張って強く見せろ、と言っていたのはヘルカ。

ライラによって救われたのだと言ってくれたのは、ユリウス。

「……逃げるって、どうやって？　分かっていると思いますが、私は非魔道士。あなたたち魔道士に包囲されているこの状態で、私ごときが逃げ出せるとは思えないのですが？」

不敵に笑って逆に煽《あお》り返すと、男の口元がぴくっと引きつった。

相手に反論の余地を与えず、ライラは「それに」と言葉を続ける。

「その子、気持ちが不安定になっていますよね？……この部屋から出した時、魔力を暴発されて困るのは、そちらでは？」

これはある意味、これまでの経験をもとにした賭けだった。

この子どもたちはおそらく、ユリウスと同じ魔力過多の体質。

そしてその子たちが魔力を放出し始めた時に、男たちが慌てて出て行ったのは——この部屋なら、ある程度の魔力を無効化できるから。ユリウスの屋敷にあるという離れのように。

そうだとすれば何が目的だとしても、部屋から出した子どもが変なタイミングで魔力を暴発させないようにしなければならないはず。

それを防ぐには――歩く魔力無効装置であるライラを連れて行くのがいいのではないか。

男たちが、迷っている。

ライラをここから出していいものかという気持ちと、確かに魔力を暴発されたらまずいという気持ちが戦っているのが読み取れ――

「……少しでも暴れれば、命はないと思え」

ひとまず、賭けには勝った。

残していく四人の子どもたちには申し訳ないが、この部屋にいる以上、とんでもないことはされないはずだ。

「ママ……」

「ごめんね、ちょっと行ってくるから、みんなで協力してお利口にしているのよ」

待っていて、とは言わない。言えない。

だからライラは笑顔で子どもたちに呼びかけると押しつけられた男の子を抱き上げ、部屋を後にした。

＊＊＊

ユリウスが離れから出てきた時には、既に夕暮れ時が迫っていた。

「ユリウス様。王都への連絡、全て滞りなく完了しました」

「ああ、ありがとう」

ヴェルネリに迎えられたユリウスは、頷いた。

ひたすら魔力を放出しまくったので少し体はだるいが、歩けないほどではない。そして下手に魔力に溢《あふ》れていない分、無謀な行動をせずに済む。

調査員たちも屋敷の確認や、目を覚ましたヘルカへの聞き取りが完了したようだ。

「それで……国王陛下は、何と？　どのような結果になった？」

「……ライラ様の捜索のため、という名目ではなく、『十五年前の戦地であるミアシス地方とその周辺の調査のため』という理由で使節団を派遣することになりました」

ヴェルネリの返事に、それで十分だとユリウスは頷く。

使節団は、国王の印の捺《お》された書状を手に国境を越えることができる。そしてこの名目だとあくまでも「旧戦地の調査」なので、オルーヴァが積極的に使節団を攻撃することはできない。

ただでさえオルーヴァには、十五年前にミアシス地方国境戦を仕掛けて敗北したという負い目がある。そういうこともあり、正式な書状があるのならばミアシス周辺程度をオルーヴァ側の許可を取る前にうろついても、文句は言われないのだ。

そして——ユリウスの魔力は、ミアシス対岸あたりにライラがいると読み取った。もしその読みが当たっているのなら、ユリウスたちが使節団として堂々と国境を越えた際、相手が攻撃を仕掛けてくる可能性がある。

そうなれば、レンディア側の勝利だ。先に手を出されたから報復した、という事実を作ることができる。そうなれば人質であろうライラをすぐに救出し、レンディア側に戻ればよい。

まるで子どもの「あっちが先に手を出した。こっちは殴り返しただけ」という喧嘩《けんか》のようだが、結局のところ現在のレンディアとオルーヴァは、こういう膠着状態なのだ。

もちろん、他の手を使ってくる可能性もある。だがオルーヴァ王は、使えないと思った味方は容赦なく切り捨てる質《たち》だ。もしライラを捕らえている者たちが失敗しても、「私は知らない」と言って見捨て、全責任を部下に押しつけるだけだろう。

一見すると横暴で支離滅裂だが、法律や協定の穴をくぐり抜けて難癖を付けてくるオルーヴァ。それに対抗するには、こちらも「真実」というものを突きつけ、多少の詭弁《きべん》を交えながらもやり返すしかない。

……オルーヴァがそういう国であることを、ユリウスは嫌というほど知っている。

なぜならオルーヴァは——

ふうっと息をつき、ユリウスは庭に向かった。そこには既に、急ごしらえの使節団員として招集された者たちが集まっていた。

ほとんどは、魔道研究所の職員。ユリウスの顔なじみが圧倒的に多く、王族に連なる公爵家の者もいた。この面子《メンツ》の中で一番身分が高いのは彼なので、彼を使節団の代表として、ユリウスを魔道軍の指揮官とすると命じられたのだと、ヴェルネリが教えてくれた。

国王は普段からオルーヴァの動向に目を光らせており、殴られたらすぐに状況を分析し、適切に殴り返せるように身構えている。

王太子時代は伯母イザベラと共にレンディア中を駆け回っていたという国王が笑う姿が容易に想像できて、ユリウスはほんの少し口元を緩めた後、すぐに引き締めた。

「……ヴェルネリは、ここに残ってくれるのだったな」

「はい。お二人が戻ってこられる時に備え、温かい食事を用意しております。それに……少々鬱陶しいネズミも引っ張り出さねばなりませんので。そちらの方はこのヴェルネリにお任せください」

そう言ってヴェルネリが、まるで小動物を罠《わな》に掛けて捕らえようとしているかのような仕草でくるくると人差し指を回したので、ユリウスは頷く。

「ああ、頼んだ。……食事のメニューにはカリカリのベーコンと、ライラの好物のフルーツサンドを必ず入れるように」

「はい、もちろんでございます」

丁寧に礼をしたヴェルネリに背を向け、ユリウスは庭で待機する使節団員たちを見回した。

「……行こう」

皆も、分かっている。

ミアシス周辺の調査なんて、ただのていのいい言い訳。

本当の目的は、二つ。

ユリウス・バルトシェクの婚約者であるライラ・キルッカの救出。

そして——十五年前からくすぶっているオルーヴァ王国の「闇」の一つを暴くことだ。

＊＊＊

窓の外を見てライラは初めて、もうすっかり夜になっていたのだと知る。

この時季は日が沈むのが早くて、夜になると気温も下がる。ライラが着ているのは布をたくさん使った私服用ドレスなのでまだいいが、ライラに抱えられた子どもはぼろきれ一枚で寒そうだ。

男たちに四方を囲まれたまま、ライラは建物の外に出た。途端、ぴゅうっと乾いた風が吹き付けてきて、舞い上がった砂が目に入りそうになる。

（ここって……？　レンディアには、こんな荒れた土地はあまりないはずだけど……）

見渡す限りの砂地——だと思ったら、よく見ると遠くに黒々とした海のようなものが見える。

（星の位置から考えると、あっちは西……西に海？　いや、あれが大きな川だとしたら、ひょっとしてここは——オルーヴァ？）

気付いた途端、ぞくっとした。

十五年前、ミアシス地方国境戦でレンディア魔道軍に反撃され完敗した、東の隣国・オルーヴァ。

国境戦の敗北が負い目になっているのか、ライラに物心が付いた頃からは派手な動きを見せていなかったはずなのだが。

もしここがオルーヴァだとすると、あの川の向こうがレンディア王国だということになる。

ライラは一般市民なので、自分一人が国境を越えたからといって罪に問われる可能性は低い。

だがもし、ユリウスがすぐに飛んできていたら？

魔道の名門の出身である彼がライラを迎えに来ていたら——戦争になっていたかもしれない。

（ユリウス様……）

ママ、ママ、と縋《すが》る子どもを抱きしめ、ライラはきっと西の空を見つめる。

学院の地理の授業で、レンディアの東を流れる大河がオルーヴァとの国境の役割を果たしていると習った。そしてその川のほぼ中間あたりに、便宜上の国境線があるのだとも。

あの川の半分ほどまで行けたら——と思うが、そんなの難しすぎる。

恥ずかしながら、ライラは泳げない。運良く川に飛び込めても、国境線を越えるまでに沈むのがオチである。

（ユリウス様に、この建物の存在を知らせられたら！　子どもたちがたくさんいて、なんだかとんでもないことを企《たくら》んでいるって、お教えできれば……）

だがふと、ライラは対岸でチカチカ躍る光に気付いた。

「チッ……本当に使節団が来たのか！」

「あいつをおびき寄せるんだろう？　どうするんだよ！」

男たちがざわめいている。

（使節団……ああ、そういうこと！）

ようやくライラにもユリウスたちの計画が判明し、ほんの少しの安堵《あんど》が体に溢れる。

ユリウスは、早まったりしなかった。

ライラよりも、レンディアで暮らす多くの国民のことを考えてくれた。

その上で使節団の中にユリウスがいるとしたら……ライラには十分すぎるくらいだ。

自分よりも他の人間を優先させたということに、寂しさや不安を感じないわけではない。

だが――ユリウスなら、たとえ優先順位を変えたとしても、ライラを見捨てることは絶対にしないと信じられる。

ライラを見初めてくれた魔道士は、どこまでも公正な素晴らしい人なのだ。

「こういう時の兵器だろう。……おい、女。『兵器』を寄越《よこ》せ」

「は？」

ぐいっと引っ張られたので、思わず聞き返す。

（兵器？……えっ、まさか兵器って……）

その言葉の意味に気付いた途端、体の芯から凍えるような恐怖と怒りが湧いてくる。

ぎゅっと子どもを抱きしめると、イライラしたように四方から腕を引っ張られた。

「もたもたするな！　何のための兵器だと思っているんだ！」

「こっ……！　この子は、兵器じゃない！」

ママ、とライラに縋ってきた子たち。

ユリウスたちと同じ体質の子どもたち。

もし、ユリウスもかつて同じ経験をしていたのなら。

そして、彼が「ミアシス地方国境戦の戦災孤児」ではないとしたら――

「……子どもたちは！　戦いの道具なんかじゃない！」

ライラは叫び、泣いて抱きついてくる子どもを抱えて丸くなった。

類い希なる能力を持って生まれたユリウス。

彼は、ミアシス地方生まれではない。

彼はオルーヴァ生まれで――生きた「兵器」として使われてきたのだ。

（ユリウス様、ユリウス様……！）

その時、ライラの背中に重い蹴りが入り、激痛で息が詰まりそうになる。

緩んだ腕から子どもが引っ張り出され、慌てて伸ばした腕も払われ、顔を殴られる。

「うっ……！」

「早く、兵器を放り込め！」

「ママ……ママぁ！」

ライラから引き離された子どもが、絶叫を上げる。

そして、周りの魔道士が何かの魔法を展開しようとした――それよりも早く、光が弾けた。

一瞬のことであったし、殴られたライラは地面に伏せていたので、何が起きたのか知りようもない。だが体中を凄まじい衝撃が襲い、体が地面から離れて軽々と吹っ飛ばされたのは分かった。

ぽーんと宙に投げ出されたライラの視界いっぱいに、星空が広がる。

体が、吹っ飛んでいる。

仰向《あおむ》けのまま、ライラはなすすべもなく宙を飛び――

どばん！　と音を立てて、ライラの体は水中に叩きつけられた。

何がなんだか状態のライラは容赦なく水を飲み、まともに動かせる手足を必死にばたつかせるしかできない。視界が潤み、どちらが水面でどちらが川底なのかも分からなくて、ごぼっ、と口から貴重な空気が零《こぼ》れていく。

（水!?　くる、苦しい！　息、できないっ……!?）

ただでさえライラは泳げないし、暴行された手足は痛い。

冬の川の凍えるような温度もさることながら、先ほどは防寒の役割を果たしたドレスも今は水を吸って、ライラの動きを封じてくる。

（ユリウス……様……）

息ができなくて、目の前がきらきらとかすみ始める。

伸ばした手は何もつかめず、視界がだんだん、暗くなっていく。

だが、酸欠で意識を失いそうになっていたライラはふと、自分の体が水流に呑まれていることに気付いた。そして沈む一方だったライラの体が、どんどん浮かんでいく。

かすむ視界に、きらきら輝く水面が見えた――直後、ざぱんっと音を立てて、ライラの体は水面から引き上げられた。

げほっ、と水を吐くライラの周りで、たくさんの人が騒ぐ声が聞こえる。

まさか、オルーヴァの者たちのところに連れ戻されたのか。

うまく目を開けられず、ぼんやりとした意識の中でライラが身を丸めると、腕が引っ張られ、体が温かいものに包まれた。

「ライラ……！」

大好きな人の声が、ライラを呼ぶ。

凍えた体が抱きしめられ、一瞬のうちに水気が蒸発する。気管に入っていた水も出され、ぽわっと体が温かくなった。

周りが、明るい。

たくさんの人が何か叫んでいる。しかしそれらは罵声ではなくて、「よかった！」「女性は無事だ！」と安堵するような声ばかりで。

「ライラ、ライラ。目を開けて。僕の名前を、呼んで……！」

大好きな人が、血を吐くような声で希《こいねが》っている。

まだ体中は痛いけれど、声は出る。きちんと、その願いに応えられる。

「……ユリウス、さま……」

目を開けると、どんな星よりもきれいに瞬くヘーゼルの目がライラを見ていた。

いつもはのんびり堂々としている美しい人が、今にも泣きそうな顔でライラを見下ろし、ぎゅっと抱きしめてくれる。

「ライラ……助けるのが遅くなって、ごめん……！」

震えているのは、声だけではない。

ユリウスの大きな背中が、ライラを抱きしめる腕が、震えている。

（ユリウス様……）

助かった。助けられた。

ライラは、ユリウスの腕の中に戻ってこられた。

安堵で溢れた涙が、ユリウスの指先で拭われる。まだ少しだけ震える唇を動かし、ライラは「ユリウス様」と呼んだ。

「わたし、は……大丈夫です」

「無理はしなくていい！　君が生きているなら……それで、いいんだ……」

「っ……ユ、ユリウス様！　あの、お願いします！　子どもたちを、助け……げほっ」

はっとして急ぎ言ったのだが、先ほど蹴られた際に痛めつけられた背中がズキリと痛み、ユリウスの腕の中で倒れ込んでしまった。

ユリウスは息を呑み、ライラの背中に触れた。そこから熱が伝わっていき、息苦しさもすぐに消えていく。

「暴力を受けたのか……やはり許せない。子どもたちのことなら、大丈夫」

「えっ……」

「分かっているよ。……僕も十五年前まで、あそこで暮らしていたのだから」

ユリウスが真《ま》っ直《す》ぐ見つめる先、大河を挟んだ東側では、光と炎が炸裂《さくれつ》し、暴風が吹き荒れている。明らかに尋常でない魔法が繰り広げられているのが分かり、ライラはぞくっとした。

実際に見たのはこれが初めてだが——きっとあれが、魔力の暴走だ。ライラから引きはがされ、不安定になった子どもが魔力をまき散らしていた。

対岸のここまで地響きが届くほどの荒れように、使節団の皆も戦々恐々としている様子だ。

ユリウスはライラの背中を支えながら、細い息を吐き出した。

「……ちょうどいい。十五年の恨みを、ここで晴らそう」

「ど、どうやって……？」

「恩を売るんだよ。……僕も、子どもたちを救いたい。もう、僕のような『兵器』を作らせたくないから」

ユリウスの言葉が、ライラが想像していたことの全てが正解だったのだと教えてくれる。

こくっと苦い唾を呑んだライラは頷き、ユリウスの手を握った。

「ユリウス様、お供させてください」

「……でも、君は」

「行きたいんです。……行かせてください」

ユリウスの躊躇《ためら》いがちの声に、ライラは笑みを返した。

あの場所に戻るのは、怖い。

だが――子どもたちの魔力を鎮められるのは、ライラしかいない。

手の届く場所にいる人を、助けられるから。

そして――誰よりも強い魔道士が、側にいるから。

「……分かった。無理だけは、しないように」

「はい」

ライラは、立ち上がれる。

使節団の代表らしき貴族の男性の号令を受け、ユリウスたちは一斉に地を蹴り跳び上がった。

この中で魔道士でないのはライラだけなので、ライラだけはユリウスに抱えられた状態で運河を渡り――オルーヴァとの国境を越えた。

（だ、大丈夫！　皆、勝算があるって言っていた……！）

対岸はひどい有様だった。

先ほどまでは、ライラが抱きしめていた男の子の魔力が暴発しただけだったが、その衝撃で例の建物が破壊されたようで、あちこちから炎の渦や砂埃《すなぼこり》を巻き上げる竜巻など、でたらめな魔法が炸裂していた。

（建物にいた子たちも、暴発を起こしている……！）

「ライラ、子どもたちの人数は!?」

「五人！　建物の中に四人、外に一人でした！」

「全員、四人一組で子どもたちを鎮圧せよ！　そしてライラ嬢に託せ！」

代表者による号令が飛び、さっと魔道士たちが散らばる。地上では黒ローブ集団が子どもたちの魔法に対抗しているが、明らかに押されているようだ。

元々オルーヴァは、レンディアほど魔道士の育成が進んでいない。使える者は使い、使えない者や失敗した者を切り捨てるやり方は、その場しのぎの戦力を作ることはできても、精鋭を育てることには向いていないのだ。

だからオルーヴァは、「兵器」を使う方法を採った。

「兵器」となる子どもを隣国に放り込み、暴発させる。そこで子どもが死ねば、オルーヴァが送り込んだという証拠も残らないから――

しかしここには、「兵器」の存在を知る生き証人がいる。

そして彼の腕の中には、魔力を無効化し魔力過多を落ち着けられる体質持ちの女がいる。

突如、うねる紅蓮《ぐれん》の炎が巻き上がり、迫ってきた。

ライラは悲鳴を上げそうになったが、ユリウスの隣を飛んでいた魔道士の放った風によって炎はまき散らされ、赤い屑《くず》となって夜の荒れ地に散っていく。

(そ、そうだ。魔道軍の人は、十五年前に――ユリウス様を保護したことがある)

「兵器」だったユリウスを生かして保護できたレンディアは、きちんと教訓を受け継いでいる。

炎をかき分け、風を鎮め、砂地に座り込んで号泣する少年に急接近し――

ユリウスの右手の一振りで、子どもが衝撃を受けたようにくらりとする。すかさず別の魔道士が地面まで急降下して子どもを抱き上げると空中にとんぼ返りし、ライラが差し伸べた腕に渡した。

途端、子どもはびくっと身を震わせて、涙でぐしゃぐしゃになった目でライラを見上げてきた。

「マ、マ……?」

「そうよ、ママよ。さっき……助けてくれたよね？　本当に……ありがとう」

先ほどこの子は、魔力の暴発を起こした――がその際、ライラだけを吹っ飛ばして川の方に押しやってくれたのだ。

あの川を越えればきっとライラが助かる、そう判断した彼の決断が、今に繋《つな》がっているのだ。

子どもをぎゅうっと胸に抱くと、ユリウスが眠りの魔法を掛けた。くたりとした男の子を魔道士に託し、崩壊した建物の方へ飛ぶ。

途中、呆然《ぼうぜん》と空を見上げる黒ローブ集団の姿が見え、例の代表者が笑う声が聞こえた。

「見よ、オルーヴァの魔道士！　どうやらユリウス・バルトシェク殿が、急な事故で困っているそなたらのために、救援に来てくださったようだぞ！」

そう、これがユリウスたちの作戦。

偶然近くで調査をしていた使節団が、困っている様子のオルーヴァ魔道士たちを助けに行ってあげた。両国とも無意味に国境を侵したわけではなくむしろ、レンディアが敵国オルーヴァに恩義を与えたことになる。

次々に子どもたちの魔力が払われ、ライラの腕の中で落ち着く。

「ユリウス様、最後の子です！」

「ああ！」

半壊した部屋の隅で丸くなっていた女の子の体がふわりと浮き、ライラの腕の中に収まる。

「もう大丈夫。ほら、ママが来たわよ」

ライラが優しい声で言うと、女の子はライラを見て、そしてそのライラを抱きしめるユリウスを見て、目を瞬かせた。

「ママ……パパ……?」

ぽかんとして呟《つぶや》いた少女はすぐにユリウスの魔法で眠りに落ち、

「……いや、それは違うと思う」

ユリウスはぼそっと呟いたのだった。

＊＊＊

ミアシス地方の大河周辺で起きた争乱は少々オルーヴァの大地を抉《えぐ》ったものの、レンディア側にはほとんど損害のないまま終わった。

レンディア国王の命令を受けてミアシス周辺の調査に来ていた使節団は、偶然対岸で魔法の暴発が起きているのを目撃した。そして、偶然使節団に加わっていたユリウス・バルトシェクらの善意により救出に向かい、オルーヴァ側は被害を最低限に抑えて事を収めることができたのだった。

魔力の暴発が起きた原因は不明とされ、おそらく魔道の実験か何かの失敗ではないかと使節団代表は報告した。

それを受けたオルーヴァ王は、自国の魔道士の勝手な行動により迷惑を掛けたことをレンディア王に謝罪し、機転を利かせた使節団への謝礼も兼ねて賠償金の支払いを提案した。

だが、レンディア王はこれを却下した。代わりに、「同じような事故の再発防止に努めること」

を条件に、今回の件を終わらせるよう告げたのだ。

オルーヴァ王はこれに応じ、国境沿いでよく分からない実験をしていた者たちを処罰すると宣言した。

なお事故の際、救出に向かったユリウス・バルトシェクがうっかり数名の魔道士を吹っ飛ばして負傷させたとのことだったが、オルーヴァ王がこれについて咎《とが》めることはなかったという。

一般市民に知らされたのは、この程度のことだった。

そのため、実際は両国王間でかなりの睨みあいがあって、これは実質オルーヴァにとっての敗北宣言であったこと。そしてオルーヴァ出身の子ども五人がひっそりと国境を越えて、王都の魔道研究所に引き取られたことなどを知る者は、ほとんどいなかった。

終章 ◆ あなたと見る世界

今日もヴェルネリの作る料理は非常においしく、ユリウスと一緒においしいおいしいと絶賛しっぱなしだった。それを聞いたヴェルネリはいたく満足だったようで、ユリウスの皿にいつもより少し多めにベーコンを、ライラの皿にはクリーム増量のフルーツサンドを置いてくれた。

だがその後ヴェルネリの報告を聞き、ライラは言葉を失ってしまう。

（……は？　カロリーナが、オルーヴァの連中に協力していた？）

「あ、の、それって……どういうこと？」

「ヘルカが気付いていたのでしょう？　昨日届いたという、あなたの父君を名乗る者からの手紙……あれは偽装だったのです」

食後の茶を飲んでいたライラは、ヴェルネリの淡々とした説明に目を瞬かせる。

（た、確かにヘルカは疑っていたし、実際偽物だったみたい。でも、それがどうしてカロリーナに……？）

「その女は、あなたの父君直筆の手紙を持っていたようです。あなたに一泡吹かせたかった女は、ユリウス様に敵対心を抱くという者と接触し、あなたを連れ出すための道具としてその手紙を渡したそうなのです」

　ヴェルネリはすらすら言うが、ライラの脳では少々理解が追いつかない。

　そもそも、今朝早くにやっと屋敷に戻るとすぐにユリウスと一緒に寝て、起きたのが昼過ぎ。先ほど食べたのも時間としては昼食だが二人にとっては朝食で、まだ頭もはっきりしていないのだ。

「つまり、カロリーナは私のことがすごく憎くて、ちょっと脅そうと思って父さんの手紙を連中に渡したってこと？」

「そんなところです。昨夜、偽装した手紙のルートを追った結果その女にたどり着いたので、シメに行ったのですが……泣きながら自白しましたよ。こんなつもりではなかった、と」

　ヴェルネリが言うに、学院時代からライラのことを見下していたカロリーナは、自分よりずっと幸せそうにしているライラを妬み、「ちょっと脅かそう」と思ったそうだ。

　彼女は「ユリウスに敵対する者」を名乗る魔道士と接触して、かつてライラの父が結婚式の欠席連絡として送った手紙を渡し、ライラを屋敷の外に釣り出すための道具とした。

（あれ？　でもあの時……）

「ヘルカに言われて私、蒸留室《スティルルーム》に隠れていたの。でもそこに押し入ったってことは、私のおびき出しに失敗したってことで……」

「ああ、はい。ですのでその女の手出しは無駄になったどころか、いたずらに彼女の手を犯罪に染めることになってしまったのです」

ヴェルネリは「ざまぁないですね」とふふんと笑っているが、ライラはぎこちなく唇の端を引きつらせるしかできなかった。

「まさかオルーヴァの人間だとは思わなかった、戦争を起こさせるつもりはなかった、全てを明かすから許してくれ……そう泣きつかれた私の気持ち、分かります？　相手が男であれば、蹴り倒していたかもしれません」

「う、うん……その、迷惑を掛けました……すみません」

「なぜあなたが謝るのですか？　あの馬鹿女が勝手にあなたに嫉妬し、無知ゆえに戦争勃発の片棒を担ぎかけただけの話。……ああ、ちなみに私は司法関係ではないので放っておいたのですが、他にも勝手に色々ぺらぺら話していましたよ。どうやら彼女、ユリウス様に脅されていたようで」

「えっ」

思わず隣を見ると、それまで黙って茶を飲んでいたユリウスがこっくり頷《うなず》いた。

「うん、そういえばそうだったね」

「お、脅したのですか!?　ユリウス様が!?　というか、いつの間に!?」

「僕だって、誰かを脅したのは人生で初めてだからどきどきしたよ。……彼女、リスト将軍の誕生会で余計なことを言ってきたんだよね。ただでさえ君を悲しませた夫婦の片割れなのに寄ってくるのが嫌だったから、ちょっと事実を言ったんだよ」

「……事実？」

「……彼女の子の父親はヨアキム・カントラではなく、彼の兄である次期男爵だったのです」

ヴェルネリの言葉に、ついにライラは自分の耳がおかしくなったのかと思った。

(は、はぁぁぁ？　何、それ!?)

「どういうことなの!?」

「あの女が惚《ほ》れていたのは、最初から義兄の方――というよりむしろ、より強い権力だったということです。義兄嫁は病弱で子が望めそうにない。だから次期男爵の浮気相手であるあの女を弟の嫁にして、生まれた子を引き取る。あわよくば、兄嫁と離縁後に適当な理由を付けて女を義兄の妾《めかけ》扱いにする。……男爵でさえこの計画に賛成していたようですから、救いようがありませんね」

「う、えっと……どうしてユリウス様は、それを？」

まさか直接聞くわけはないだろうし、と思っていたら、ユリウスはため息をついた。

「魔力で気付いたんだ。ヨアキム・カントラはよく知らないけれど、兄の方は面識があった。彼女のお腹《なか》の子は確かに魔道士の素質があったようだけれど、魔力の気配が兄の方にそっくりすぎた。だからそれを条件にライラに手を出さないようにって言ったんだけど……脅し方、間違えたみたいだ。すまない」

「いいえ、どう考えてもあの女に非がありますよ」

ヴェルネリが励ましているが、ライラは驚くやら悲しいやら呆《あき》れるやらで、頭の中がごちゃごちゃだ。

（カロリーナは……それほどまで、私のことが憎くて妬ましかったの？　ヨアキムと結婚したのも全部計画のうちで、私たちはそれに踊らされていただけ……？）

魔力による検査の結果ユリウスの予想通り、腹の子の父親が義兄であると判明したのが今朝のこと。今頃カントラ男爵家内は大荒れで、おそらく長男も次男も近いうちに離縁するだろうと言われているそうだ。

ちなみにカロリーナの手の平で転がされていたヨアキムは妻の目論見《もくろみ》と兄の裏切りを知り、目が覚めたそうだ。今後彼は、後悔を胸に兄とカロリーナの子を育てていくのではないか、とヴェルネリは予想しているという。

（……そう考えると、ヨアキムも私を裏切ってカロリーナに流れたとはいえ、被害者でもあったということなのかな……）

カロリーナの今後は司法に任せるしかないが、ヨアキムについてはどうにかうまくやればいいと思う。それに、生まれてくる子に罪はないだろう。

オルーヴァとのことも、国王たちがうまく処理してくれるそうだ。

ライラの誘拐やヘルカへの傷害について問い詰めるのは難しい、と使節団の代表者に謝られたが、その分オルーヴァへの貸しを大きくできた。無駄な戦争を吹っかけられたり「兵器」の子どもたちを生み出されたりせずに済むのならそれでいいと、ライラたちも了承したのだ。

貪欲なオルーヴァはこれからも、レンディアを狙うかもしれない。

だが今回乗り越えたものは必ず、レンディアを守る一つの礎になるとライラは信じていた。

屋敷はヴェルネリたちの手によりほとんど修復しており、ライラもユリウスも数日は水入らず状態でまったり過ごした。

襲撃の際に負傷したヘルカも、すぐにヴェルネリが処置をした甲斐《かい》もあって間もなく起きあがれるようになった。

「あの時のヴェルネリは、珍しく格好よく見えたわよ」

とヘルカにからかわれたヴェルネリは、

「私が格好いいのではなく、おまえが力不足で情けないだけだ」

と言い返していた。

だが二人ともほんのり耳が赤いことにライラは気付いていたし、ユリウスに至っては「二人とも、素直じゃないね」と正直に言って、その場を凍り付かせていた。

＊＊＊

屋敷で数日のんびり過ごして、様子を見に来た両親やバルトシェク家の親戚たちの応対をしたりした後、ライラとユリウスは魔道研究所に顔を出すことになった。

「……あの子たち、一年ほど訓練を受けたら魔道士の家の養子になるそうですね」

研究所の廊下を並んで歩きながらライラが言うと、ユリウスも穏やかな顔で頷く。

「うん、既に彼らの引き取りを志願している家がいくつかあるんだ。……僕がそうだったように、きっとあの子たちもこれから、優秀な魔道士として生きていける」

「……そうですね」

先日、ユリウスは自分の過去について改めて明かしてくれた。

彼はオルーヴァの貧しい農家の出身で、五歳くらいの頃にあの収容所に入れられて、「兵器」として育てられたそうだ。そして十五年前のミアシス地方国境戦でレンディアに送り込まれ、魔力の暴走を起こしたところを魔道軍に保護された。

だから彼は野菜が苦手で、子どもたちの教育に関心を持っていた。そして、魔法を使うのなら怖がられるよりも喜ばれるようなものの方がいい、と言っていたのだ。

保護された子どもたちは、きちんと身なりを整えてライラたちの訪れを待っていた。伸び放題だった髪は整えられ、体もきれいに洗ってふさわしい服も与えられている。

それでも情緒などが未熟なので、ライラを見た途端に駆けだし、「ママ！」と飛びついてきた。

「……あの時から思っていたけれど。ライラっていつの間に、五人の子持ちになったの？」

「え、えっと。それはその時の成り行きというか……」

ユリウスに真面目な顔で問われたのでライラがもごもご答えると、最年長の七歳くらいの子がユリウスをじっと見て、「あっ！」と声を上げた。

「ユリウスさま、しってる！」

「ん？　ライラ――ママから聞いたのかな？」

「うん！　ママがけっこんするひと！」

「ママがだいすきなひと！」

「かっこよくてつよいひと！」

（うっ、うわぁぁぁぁぁぁぁ！）

子どもたちがライラから聞いたことを自慢げに口にするものだから、ライラは床に手を突いて頽《くずお》れてしまった。

（うん、確かに言ったよ！　言ったけど！）

だからといって、本人の目の前で大合唱しないでほしい。

さらに、「ママがけっこんするのなら、ユリウスさまは、パパ！」「パパ！」と、追い打ちを掛けないでほしい。

顔を上げられない。ユリウスの顔が見られない。

「……ふうん、そっか。ママは僕のこと、そういう風に言っていたんだね」

「うん！　ユリウスさまはママのこと、すき？」

「うん、大好き。可愛《かわい》くて勇敢で優しい、僕の最高のお嫁さんだよ」

(う、うわぁぁぁぁぁぁぁぁぁぁ!?)

顔が、熱い。悲しいわけではないのに、涙が出てくる。

四つんばいになった姿勢のままふと横を見ると、部屋の壁際に控えていたヴェルネリとヘルカの姿が見えた。

彼らに視線で助けを求めると、ヴェルネリは凄《すさ》まじい速度で顔を背け、ヘルカはしっとりと笑って口の形で、「おめでとうございます」と言ってきた。

万事休す、である。


子どもたちと遊び、屋敷に戻った頃にはすっかり太陽の位置が低くなっていた。

「……そういえば、外食。行けなかったね」

玄関前に立って夕日を見つめるユリウスが言ったので、ライラも肩を落とした。

「そうですね……で、でも、また機会はありますよね?」

「うん。僕もライラも、ヴェルネリもヘルカも……誰も欠けることなく、この屋敷に戻ってこられた。だから来年の夏まで、何度でも機会はあるよ」

「夏……?」

「えっ、忘れてた? 僕たち、結婚するんだよ」

「そ、それはもちろん覚えています!」

一瞬ユリウスがこの世の終わりを迎えたかのような顔をしたので、慌てて言う。

「そうじゃなくて……結婚してからも、四人で出かければいいんじゃないかな、と思いまして」

「それもそうだね。でも……」

ユリウスは振り向き、そっとライラの手を取った。

「僕たちはまだ、婚約者同士だ。その間にたくさんの思い出を積み重ねて、いろんな経験をして……それから君と結婚したいんだ」

「……」

「君が僕の花嫁になってくれる日も、とても待ち遠しいよ。でも、今は……婚約者である君と過ごせる残り半年を、充実したものにしたいんだ」

ユリウスの言葉は、すとんとライラの胸に落ち着いた。

結婚しても、ヴェルネリもヘルカも側《そば》にいてくれる。

暮らす場所はユリウスの屋敷なので、日々の生活に大きな変化が起きるわけでもない。

結婚すればライラはライラ・キルッカではなく、ライラ・バルトシェクになる。

ただそれだけのことだが——独身時代とは、色々なものが違って見えるはずだ。

同じ花をユリウスと一緒に見ても、きっと何か変化が起きる。

家族になる直前のこの時期だからこそ経験できることも、きっとあるはずだ。

「……私も、同じ気持ちです」

「ライラ……」

「私も今この時間、あなたと同じ世界を見たいです。あなたと一緒においしいものをたくさん食べて、一緒に寝て、一緒に起きて、同じものを見て笑いあいたいです」

ライラは、魔道士ではない。

だが以前ユリウスが言っていたように……ライラにしか使えない魔法が、きっとあるはずだ。

（あなたがいてくれれば、私は魔道士になれる。無力な私だけど、正しいと思うことを実行する力を持つことができる）

ユリウスのヘーゼルの目が、揺れた。一度二度、何かを言おうとしたのかそれとも呼吸しただけなのか彼の口が開閉し、そしてぎゅっと強く抱きしめられた。

「……嬉《うれ》しい。とても嬉しいよ、ライラ。僕は……本当に幸せ者だ」

「私もですよ。あなたが私を幸せにしてくれます」

「僕もだよ」

同じ口調で言いあい、顔を離した二人はくすくす笑う。

これからも、こうやって言葉を交わし、笑っていたい。

辛《つら》いことや心の痛むこと、悩むこともあるだろう。だがユリウスがいてくれれば、「そんなこともあったね」といつか笑い飛ばせるようになるはずだ。

裏切られた女を拾い上げてくれたのは、優しい大魔道士様でした。

途中色々あったけれど二人は幸せに暮らしました、と締めくくれるはずだ。

「……っくしゅ！」

「あっ、ごめん。寒いよね」

「す、すみません……」

ユリウスに抱きしめられているが、冬の夕暮れ時はなかなか冷え込む。

くしゃみをして洟《はな》を啜《すす》るライラの頬をそっと撫《な》でたユリウスは抱擁から離れ、少々芝居がかった仕草で腰を折って、ライラに手を差し出した。

「行こうか。……僕の未来のお嫁さん」

茶目っ気のある眼差《まなざ》しでユリウスが言うので、

「はい。……私の未来の旦那様」

ライラも笑い、彼の手を取った。

手を握りあって屋敷の玄関に向かう、それだけの仕草。

だが彼らをそっと見守っていたヴェルネリとヘルカにはまるで、これから結婚式に臨む幸せな花嫁と花婿のように見えたのだった。

番外編1　その名は、イザベラ・バルトシェク

イザベラは、バルトシェク家の長女として生まれた。

幼少期から類《たぐ》い希《まれ》なる才能を発揮していた彼女は「神童」と呼ばれ、いずれこのレンディア王国随一の大魔道士になるだろうと期待されていた。

しかも、彼女は時の王太子と年が近かった。バルトシェク家は貴族ではないが、由緒正しい名家であるため、イザベラならば王太子妃になってもおかしくない、とさえ言われていた。

だが残念ながら、イザベラはそういうタイプではなかった。

彼女は箱に入れられて大切に愛《め》でられるような質《たち》ではなく、楽しそうなことがあれば首を突っ込むことを喜びとしていた。そうしてあちこちビュンビュン飛んで回り、魔法で竜巻を起こしたり山をかち割ろうとしたり海を干上がらせようとしたりと、とんでもないことばかりしていた。

そして王太子もそんなイザベラのことを「おもしれー女」扱いして、一緒になって冒険していた。彼らなりに正義感はあったようで、当時十代前半だった王太子とイザベラが隣国の紛争問題に首を突っ込んで力業で解決させたというのは、今でも語りぐさになっている。

そんなイザベラにとっての王太子は「友だちにするのはいいけど、旦那にするのはちょっと」で

あり、王太子も「友だちならおもしろいけど、妃《きさき》にするのはちょっと」ということで、それぞれ別の相手を見つけ、結婚する頃には破天荒ぶりもかなり落ち着いていた。

……かつてはとんでもないお転婆娘だったイザベラも四十代に差し掛かり、父親からバルトシェク家の当主の座を継いだ頃、弟が戦場で「拾いもの」をしてきた。

「……子ども？」

「ああ。どうやら、オルーヴァの連中に虐げられていたみたいで……」

弟の屋敷に遊びに行ったイザベラが見たのは、貧相な見目の男の子だった。

年は、イザベラの次男と同じくらいだろうか。だががりがりに痩せている上に、彼から感じられる魔法の気配はどうにも不安定だ。

隣国オルーヴァは、魔力の強い子を戦争の道具にしているという噂《うわさ》がある。きっとこの子も、ひどい扱いを受けてきたのだろう。

イザベラの弟は未婚で、あまり口数が多くなくて人付き合いも得意ではない。だが男の子は弟の足にぎゅっとしがみつき、イザベラを虚《うつ》ろな目で見上げてきていた。

「そう。で、その子をどうするの？　研究所に送るの？」

イザベラとしては研究所の保護施設に入れてはどうか、という意味で聞いたのだが、男の子はびくっと震え、イザベラを軽く睨《にら》んできた。

痩せっぽっちのわりに、意志は強そうだ。こういう子は、嫌いではない。

「いや、俺が育てようと思う。魔道士の素質があるから、バルトシェク家の一員として迎えるのも問題ないだろう。姉さんの許可が下りるのなら、養子にしたい」

「別にいいけど、その子の魔力数値はどれくらいだったの？」

「分からない。測定器が、壊れたんだ」

「へぇ。それはそれは」

おもしろそうに言うイザベラだが、彼女も出生時測定で一度、就学時に一度、測定器を破壊している身だ。その頃より今の測定器の方が高性能になっているはずなのに、破壊するとは――なかなかの逸材のようだ。

「分かった。ただし、その子はどう見ても普通の魔道士じゃないからね。あんたがきちんと面倒を見て、教育をしてやるのよ」

「もちろんだ。……だが、俺も子育ては不慣れだから……姉さんを頼ることもあるかもしれない」

「そういうことなら、気にしなさんな。私だって、あんたが養子に迎えた甥《おい》の面倒を見るくらいの甲斐性《かいしょう》はあるわよ。……ただし」

弟の目を見て、イザベラはしっかりと言った。

「……魔道士としての知識はもちろんだけれど、人として生きる幸せを、あんたが教えてやりなさい。それは、あんたにしかできないことだからね」

「……ああ。俺にできる限りのことを、する」

弟は、はっきりと言った。

「姉に活力を奪われたのではないか」と言われるほど物事に関心の薄い弟が、これほどまで何かに執着するのを見るのは、初めてだった。


弟は、よく頑張ったと思う。

ユリウスと名乗った少年はすくすく――とまでは言えなかったがそれなりに成長し、地頭もよかったようで知識もどんどん吸収していった。

やはり彼は魔力過多の傾向にあるため、弟はユリウスのために専用の屋敷を与え、彼が落ち着いた環境で過ごせるように手配した。ユリウスも弟のことを父と慕い、たまに様子を見に行くイザベラのことも「伯母上」と親しみを込めて呼んでくれるようになった。

イザベラの子どもたちも、不幸な身の上だったユリウスに最初は同情したが、次第に仲間としてうち解け、自然な態度で接するようになっていった。そういうこともあり、ユリウスは成長するにつれて笑顔が増えたし、物腰が丁寧で思いやりに満ちた穏和な青年に育った。

――だが、弟は病に倒れ、ユリウスを遺《のこ》してあっけなく逝ってしまった。

彼の財産はイザベラの助言もあり、全てユリウスに相続された。だが彼は財産には興味がなく、尊敬する養父を失ったことで不安定になってしまった。

元々彼は魔力過多だったが養父の死後、著しい体調不良や不眠に悩まされるようになったと、彼の世話係のヴェルネリから報告を受けていた。

イザベラも、色々と対策を考えた。

非魔道士の中には、魔力を吸収する体質の者がいるという。そういう者がユリウスの側《そば》にいれば彼の苦痛を取り除けるのだが――そもそもその体質持ちの者は珍しいし、普通の測定器では判断できないので、誰が体質持ちなのか分からない。

おまけにユリウスの魔力量は異常なくらいなので、もし魔力吸収体質の者がいてもユリウスの魔力量に耐えられなければ、過剰魔力摂取によりその者が死んでしまう。

だから、いくら可愛《かわい》がっているユリウスのためとはいえ、非魔道士を片っ端から調べ、「死ぬかもしれないけれど甥のために働いてくれ」なんて言えなかった。

……だが、奇跡の出会いがあった。

イザベラ主催の夜会でユリウスが出会ったライラという娘は、魔力垂れ流し状態のユリウスに近づくことができたし、彼と抱きあってもなんともなかった。

イザベラも彼女の手を取って試しに魔力を送り込んだのだが、きょとんとしていた。徐々に魔力量を増やし、普通の非魔道士なら卒倒するくらいの量を送り込んでも、彼女は苦痛を訴えたりせず、おどおどと困った顔をするのみだった。

――彼女なら、いける。

ユリウスを、助けることができる。

だからイザベラは、ユリウスとライラの結婚を許可——するどころか全力で後押しした。本人たちは知らないだろうが、社交界では水面下で根回しをして、元悪友の国王にも「異論は認めん」と脅して承諾をもぎ取り、甥とその婚約者が快適に過ごせるような環境を整えた。

それはきっと、本来ならば弟がするべきことだった。

だが弟だって好きで病死したわけではないし……ユリウスを遺して逝くことをどれほど悔やんでいたかは、実姉であるイザベラも痛いほど分かっていた。

イザベラの娘であるアンニーナの懐妊祝いのパーティーでユリウスを見た時——イザベラは、「もう大丈夫だ」と確信した。

ユリウスは、あんなに穏やかな表情でライラを見つめている。

ライラも、緊張しながらもユリウスに寄り添い、微笑《ほほえ》みを交わしあっている。

「……これであの子も、ゆっくり眠れるかしらね」

挨拶を終えて去っていく甥とその婚約者を見つめ、イザベラは呟《つぶや》く。

アンニーナはそんな母を見て、くすりと笑ったのだった。

番外編2◆ライラとヘルカの秘密の作戦

ライラが魔道士・ユリウスの婚約者になってしばらく経《た》ち、お互いが想《おも》いあうような関係になった頃のこと。

「……なんだか悔しい」

「ユリウス様のことですか？」

まったり茶の時間を過ごしていたライラが呟《つぶや》くと、聡《さと》いヘルカは全てを聞かずとも言いたいことを指摘してくれた。

現在、ユリウスはヴェルネリと共に自室で仕事をしている。どうやら研究所から依頼があったようで、先ほど茶を持っていった時には二人で額を突きあい、なにやら難しそうな話をしていた。

茶を淹《い》れながら少し立ち聞きをしてみたのだが、魔道士でないライラには理解できない単語がぽんぽん出てきたので、途中から諦めた。

そういうことでライラはヘルカと女二人で茶を飲みながら雑談していたのだが、ふと、ユリウスとのやり取りが思い出された。

ユリウスとはお互いに「好き」という気持ちを伝えあい、遠慮がちなキスをするような間柄になっている。彼からはとても大切にされており、ライラはとても満たされているのだが……不満もあった。

「ユリウス様のことで何か気がかりなことがございましたら、このヘルカに言ってくださいませ」

「ありがとう。……といっても、悪いことじゃないのよ」

「しかし今、『悔しい』とおっしゃいましたよね」

「……うん、まあ」

ここで相談相手がヴェルネリだったらお話にならないだろうが、ヘルカならきっと真摯な態度で話を聞いてくれるはずだ。

そう思い、ライラは少し悩んだ後に口を開いた。

「……その、ユリウス様って、結構積極的よね」

「そうですね。積極的とマイペースと天然を足して三で割った感じでしょうか」

「そうでしょ？……なんだか、私ばかり押されている気がするのよ」

ヘルカの指摘は言い得て妙で、ユリウスは積極的だし、我が道を行くし、自分の発言の威力に気付いていないしで、もはや無敵状態なのだ。

恋愛経験は皆無だったはずなのに、彼はライラを翻弄し、甘い言葉を囁《ささや》き、いとも簡単にライラの心を射抜いてくる。

それは、嫌いではない。むしろ嬉《うれ》しいくらいなのだが――

「たまには、私の方がユリウス様をぎゃふん……じゃなくって、たじたじさせたいと思うの！」

愛されるのは嬉しいし、積極的になってくれるのも幸せなことだ。

だが、ライラだってたまにはユリウスを翻弄させたいし、彼に対して勝ちたいのだ。

ヘルカは神妙な顔で話を聞くと、なるほど、と大きく頷《うなず》いた。

「そのお気持ち、よく分かります。ぐいぐいこられるのも嬉しいことだけれど、たまにはこちらからぐいぐいいって好きな人の色々な顔を見たいですよね」

「そう、そうなの！」

「かしこまりました。……ではライラ様に、わたくしも協力しましょう」

「いいの？　お仕事とは関係ないけれど……」

「何をおっしゃいますか。わたくしはライラ様のお世話係として配属されました。ライラ様がユリウス様と良好な関係を築き、快適に過ごせるようにお手伝いするのも、わたくしの役目です」

そう言ってウインクするヘルカは色っぽいし、とてつもなく頼もしい。やはり同性で少し年上の協力者の存在はありがたい。

「ありがとう！　それじゃあ、ユリウス様をたじたじさせてみるわ！」

「ええ、頑張りましょう！」

ヘルカとあれこれ相談しながら、ライラは「ユリウス様をたじたじさせよう作戦」を始めた、のだが――

「くーっ！　ユリウス様、手強《てごわ》すぎるわ！」

「さすが天然は精神面も強いですね……」

嘆きながらばしばしとテーブルを叩《たた》くライラの正面で、ヘルカも渋い顔をしている。

いきなり後ろから抱きつく、耳元で囁く、積極的に触れてみる――色々なことを試してみたのだが、現在のところライラの惨敗である。

惨敗といっても、悲しい思いをしたわけではない。

後ろから抱きついて驚かせようとしても、「可愛《かわい》いライラの足音は、すぐに分かるよ」と微笑《ほほえ》んでぎゅうぎゅう抱きしめられたし、耳元で囁いても「君の可愛い声を近くで聞けて、嬉しいよ」と囁き返されたし、手や腕に触れてみても、「じゃあ僕も」と触り返される。

つまり、二倍以上にして返り討ちに遭っているのだ。

「ユリウス様の精神力、どうなっているの!?」

「わたくしもまさか、あそこまでユリウス様が迎撃にお強いとは思ってもいませんでした。わたくしの力不足で、申し訳ありません……」

「いやいや、ヘルカが悪いわけじゃないから！」

むしろ、予測不可能で潜在能力未知数のユリウスに原因があるだろう。

「……どうすればいいんだろう。もう、使える手は全部使った気がする……」

「ヴェルネリ……に聞いても意味はないですね」

ヘルカはさっくりと言ったが、確かにヴェルネリはこの手のことについて疎いようで、彼に恋愛絡みの相談をするつもりはないし、よい助言を得られるとも思えなかった。

「案外、少し様子見をしてみてもいいかもしれませんよ」

「様子見？　ユリウス様の様子を窺《うかが》うってこと？」

テーブルに頬杖《ほおづえ》をついたライラが問うと、ヘルカはおっとりと頷いた。

「時と場合、というものもあるでしょう？　今は無理かもしれませんが、数日くらいしてからもう一度挑戦すると、効いたりするかもしれません」

「……確かに、ここ最近であれこれ試しまくっているものね」

ユリウスの防御力が高いのは、分かった。

ヘルカの言う通り、一度に何度も攻撃するより、日を改めてから挑戦してみると、意外なところで突破口が見つかるかもしれない。

（……私の方も手を変え品を変えていけば、いつか手応えを感じられるかも！）

「分かった。それじゃあ、ちょっと時間を置いてから再挑戦してみるわ！」

「ええ。わたくしも、もう少し考えてみますね」

＊＊＊

ある日、ライラはユリウスと共に庭を散歩することにした。

「いい天気ですね！」

「今日は風も弱いし、暖かい。今が一番過ごしやすい季節だね」

ライラが爽やかな晩秋の空気を胸いっぱいに吸って言うと、隣でユリウスものんびりと応じた。

ユリウスの屋敷には庭があるが、いわゆる薔薇園《ばらえん》や花園のようなものはない。手入れが面倒だからか花の類《たぐい》は少なめで、こざっぱりしている。ところどころに生えているハーブや裏庭にある家庭野菜園は、ヴェルネリのこだわりだった。

とても派手とは言えない庭だが、ライラはこの生活感溢《あふ》れる庭が好きで、よくテーブルセットを出してもらってヘルカと一緒にお茶をしていた。

ふと、近くの草がごそっと動き、ライラたちは足を止めた。

そうしていると草が揺れ、白地に黒と茶色のブチのある猫が顔を覗《のぞ》かせて、にゃーん、と可愛らしい声で鳴いた。

「……あっ、猫ですね」

「野良猫だね。うちに来るのは珍しいな」

「そうなのですね。……ほらほら、おいでおいでー！」

ライラはしゃがみ、チッチと舌を鳴らした。猫はしつこい人やうるさい人を嫌うので、追いかけたりせずに猫の方から寄ってくるのを待つのがよいのだ。

猫は最初、警戒するようにライラたちの方を見ていた。だがやがて尻尾をピンと立てて小走りに駆けてくると、ライラの足下でごろんと白いお腹《なか》を見せた。

「わあ、可愛い！　ユリウス様、触りましょうよ！」

「僕はいいから、ライラが触るといいよ」

「そうですか？　それじゃあ……うわぁ、もっふもっふ！」

最初は遠慮しつつ撫《な》でるが、猫は気をよくしたように体をくねらせながら、ごろごろと喉も鳴らしている。ライラの手の平がたいそうお気に召したようだ。

「……メス、だね。それなら許してあげる」

「……猫に張りあわないでください。……ふふ、それにしてもいい子ね。よしよし」

お腹だけでなく背中や喉も触らせてくれる。非常にサービス精神に溢れた猫である。

ユリウスはライラと猫をしばし見ていたが、やがて口を開いた。

「……いい子、か」

「どうかしましたか？」

「いや、特に何もしなくても、ただお腹を見せて転げ回るだけで褒められるとは、猫というのはなんて贅沢《ぜいたく》な生き物なんだろうと思って」

「ま、まあ、猫に芸を覚えさせられませんし、甘えてくれるだけで十分いい子ですよ」

「………そうか」

ライラの言葉に、ユリウスはなにやら考え込んでしまった。これまで閉鎖的な環境で暮らしてきた彼にとって、猫という生き物の生態には謎が多いのだろう。

猫の喉を撫でてやっていたライラはふと、難しい顔をして思案にふけるユリウスを見上げた。そして立ち上がると、くいっとユリウスの服の裾を引っ張る。

「ユリウス様、少ししゃがんでください」

「うん？……こう？」

「ええ。……ユリウス様も、いい子、ですよ」

長い体を折って屈《かが》んだ彼の頭を、そっと撫でた。

ユリウスの麦穂色の髪は先ほど撫でた猫の腹毛よりも艶があり、思ったよりも髪質は硬めだ。栄養状態を改善させてからは髪も瑞々《みずみず》しくなり、ヴェルネリが手入れしているので枝毛や団子になった箇所もなく、指通りがよかった。

（私ももうちょっと、髪を伸ばそうかな……）

ユリウスの髪は肩胛骨《けんこうこつ》ほどの長さなので、ライラもそれくらい伸ばしてお揃《そろ》いの髪形にするのもおもしろいかもしれない。

そんなことを考えていたライラだが――ユリウスが何も言わないことに気付いた。顔を上げると、ヘーゼルの目を見開いた婚約者が、じっとライラを見下ろしている。

（……あっ、撫でられるの、嫌だった……？）

もしかするとユリウスは猫のように撫でられたいのではないか、と思っての行動だったのだが、大失敗だったようだ。

慌てて手を引っ込め、ライラは謝罪する。

「申し訳ありません！　いきなり髪に触れたりして……」

「……」

「そ、その、手も、洗っていなかったし……すみません！」

「……。……いや」

謝るために頭を下げていたライラは、おそるおそる顔を上げた。

ユリウスは片手で口元を覆い、視線を逸《そ》らしていた。眉間には薄い縦皺《たてじわ》が刻まれていて、眉根をぎゅっと寄せている。

「……撫でられるのは、嫌じゃないよ」

「……そうなのですか？」

「うん。……何というか、その……いい子、って言われたのが、ちょっとびっくりして」

いつも流暢《りゅうちょう》に喋《しゃべ》るユリウスらしくもなく、つっかえつっかえだ。

だが彼はライラが何か言おうとしたのを空いている方の手で止め、考え込むような表情になった。

「子ども扱いとか猫扱いとか、ってのじゃないよ。……なんだろう。君に『いい子』って言われると、胸の奥がもぞもぞして、嬉しいような、ちょっと恥ずかしいような、くすぐったいような気持ちになったんだ。悪いことじゃないんだよ」

「……そ、そうですか？」

ライラにはいまいちよく分からないが、ユリウスの表情を見る限り、彼もいまいちよく分かっていないようだから、きっとおあいこだろう。

「……えーっと。それじゃあ、私が『いい子』って言ったことや撫でたことは、嫌ではなかったのですね？」

「うん、大丈夫だよ。ライラに言われるなら、何でも嬉しいから、むしろこれからもどんどん言ってほしいな」

「そこはもうちょっとこだわってください」

もう、と軽く手を引っ張ると、いつもの穏やかな微笑みを浮かべたユリウスは「ごめんね」と謝り、ライラの手を握った。

「……そろそろ部屋に戻ろうかな。小さなお客様も、もう帰宅したみたいだし」

「あ、本当だ。猫、いなくなっちゃいましたね」

「きっとまた、ライラに撫でられに来るよ。……まあ、僕の方がもっと君に撫でてもらうけどね」

「だから張りあわないでくださいってば……」

軽口をたたきあいながら、二人は寄り添って庭を後にした。

――仲よさそうに肩を並べて屋敷に戻っていくユリウスとライラの姿を、ヘルカが二階のベランダから見ていた。

「……わたくしの助言なんかなくても、大成功でしたよ。ライラ様」

美貌の魔道士はくすっと笑い、きびすを返したのだった。

あとがき

こんにちは、瀬尾優梨です。

本作品『亡霊魔道士の拾い上げ花嫁』をお手にとってくださり、ありがとうございます。

ライラとユリウスの物語が、皆様のお気に召すことを願っています。


このお話を最初に『小説家になろう』に投稿したときは、キラキラしたハイスペックイケメンとは全く違う、色々難アリで癖の強いヒーロー設定だけど大丈夫かな、と思っておりました。しかしたくさんの方に読んでいただき、嬉《うれ》しい感想をもらうことができました。こうして書籍の形でお送りすることができたのも、ｗｅｂ版から読んで応援してくださった皆様のおかげです。心から感謝いたします。


前述の通り、本作品のヒーローであるユリウスは、特に序盤のマイナス要素がかなり多いです。病弱で、何を考えているのか分からなくて、何よりもやせ衰えた顔が恐ろしい。物語の途中であるキャラクターがその容貌について「おぞましい顔」と呼ぶのも仕方のないくらいです。

しかし、そんなヒーローを受け入れ、非常に特殊な能力で救うのが主人公のライラです。私は明るくてさっぱりした光属性の主人公が大好きなので、暗闇の底にいるユリウスを照らし、明るい場所に引っ張り出してあげられるような子として描《えが》きました。

ちなみに私はキャラクターに名前を付ける際、そのキャラっぽさと恋愛相手の名前との語呂のよさで決めることが多いです。そして今回、ライラという名前はユリウスと並べても響きがいいな、と思ったのはもちろんのこと、ライラという名前の意味にも注目しました。

『ライラ』のアラビア語での意味は、『夜』。

本作品とアラビア語は無関係ではありますが、ユリウスの婚約者としてこれ以上ない名前だと思って付けました。


また、サブキャラではあるけれど大活躍しているのが、ヴェルネリとヘルカです。その中でもヴェルネリについては、「おまえ、そういうキャラだったのか！」というギャップを感じてもらえたら嬉しいです。間違いなく彼は本作品のアイドル、マスコットです。

とっても素敵なイラストを描いてくださったのは、麻先みち先生です。キャラクターラフの時点でときめきが止まらず、華やかで愛らしいライラたちを描いてくださいました。本当にありがとうございます。

また、素敵なお知らせがございます。こちらの作品、コミカライズが決定しております！　コミックガルドにて、二〇二一年春頃から連載開始予定です。まだ細かい情報などはお知らせできないのですが、一足先にキャラクターラフなどをいただいております。ヘルカがものすごい美人さんです。体調不良時のユリウスの迫力がすごいです。

情報解禁となったら私の方でもtwitterなどでお知らせしようと思いますので、お楽しみに！

それでは最後に、謝辞を。

色々と慌ただしい時期に連載を始めたこのお話が、書籍化、そしてコミカライズに至ることができたのもひとえに、ここまで応援してくださった読者の皆様のおかげです。ありがとうございました。

また、担当編集様には丁寧なご指導をいただいたおかげで、作品をブラッシュアップすることができました。いつもテンション高めな私に付き合ってくださったことにも、感謝です。ありがとうございます。

そして、『亡霊魔道士の拾い上げ花嫁』を書籍化するにあたりお世話になった全ての方に、心からのお礼を申し上げます。

皆様にまた、お会いできることを願って。

瀬尾　優梨

作品のご感想、
ファンレターを
お待ちしています

あて先

〒141-0031　東京都品川区西五反田 7-9-5 SGテラス5階
オーバーラップ編集部
「瀬尾優梨」先生係／「麻先みち」先生係

スマホ、PCからWEBアンケートにご協力ください

アンケートにご協力いただいた方には、下記スペシャルコンテンツをプレゼントします。
★本書イラストの「無料壁紙」　★毎月10名様に抽選で「図書カード（1000円分）」

公式HPもしくは左記の二次元バーコードまたはURLよりアクセスしてください。
▶ **https://over-lap.co.jp/865548297**
※スマートフォンとPCからのアクセスにのみ対応しております。
※サイトへのアクセスや登録時に発生する通信費等はご負担ください。

オーバーラップノベルスf 公式HP ▶ **https://over-lap.co.jp/lnv/**

亡霊魔道士の拾い上げ花嫁 1

発　行　2021年1月25日　初版第一刷発行

著　者　瀬尾優梨

イラスト　麻先みち

発行者　永田勝治

発行所　株式会社オーバーラップ
〒141-0031
東京都品川区西五反田7-9-5

校正・DTP　株式会社鷗来堂

印刷・製本　大日本印刷株式会社

ISBN 978-4-86554-829-7 C0093

【オーバーラップ　カスタマーサポート】
電　話　03-6219-0850
受付時間　10時～18時（土日祝日をのぞく）

OVERLAP NOVELS f
二度と家には帰りません！
I'll Never Go Back to Bygone Days!
Author みりぐらむ
Illustration ゆき哉
国王の弟に見出された令嬢のシンデレラストーリー！
WEB発の人気作！
母と双子の妹に虐げられていた令嬢のチェルシーは、12歳の誕生日にスキルを鑑定してもらう。その結果はなんと新種のスキルで!? 珍しいスキルだからと、鑑定士のグレンと研究所に向かうことになったチェルシーを待っていたのは、お姫様のような生活だった!

OVERLAP NOVELS f
吉高 花
Illustration 縞
聖女のはずが、どうやら乗っ取られました
I was supposed to be the Saint, but I was robbed the position, apparently...
マンガUP!にて
（スクウェア・エニックス）
コミカライズ連載中!!
追放されたけど――
『癒やし』の力で生き抜きます!!

OVERLAP NOVELS f
望まれない
花嫁だったけれど、
もう一度あなたに恋していいですか？
コミックガルドにて
コミカライズ
連載中!!
拝啓
「氷の騎士とはずれ姫」
だったわたしたちへ
Author 八色 鈴 Illustration ダンミル
抱き続けた淡い恋心を実らせオスカーと
結婚した第四王女のリデル。
しかしその幸せは長く続かず、
心に深い傷を負ったリデルは失意の中命を落とした。
そして、子爵のひとり娘である
ジュリエットに転生した彼女は、
ある夜会でオスカーと再会することになり……？

第8回 オーバーラップ文庫大賞
原稿募集中！
イラスト：ミユキルリア
思いをコトバに。夢をカタチに。
【賞金】
大賞…300万円
（3巻刊行確約＋コミカライズ確約）
金賞……100万円
（3巻刊行確約）
銀賞………30万円
（2巻刊行確約）
佳作………10万円
【締め切り】
第1ターン 2020年8月末日
第2ターン 2021年2月末日
各ターンの締め切り後4ヶ月以内に佳作を発表。通期で佳作に選出された作品の中から、「大賞」、「金賞」、「銀賞」を選出します。
投稿はオンラインで！ 結果も評価シートもサイトをチェック！
https://over-lap.co.jp/bunko/award/
〈オーバーラップ文庫大賞オンライン〉
※最新情報および応募詳細については上記サイトをご覧ください。
※紙での応募受付は行っておりません。